一目で、恋に落ちました

登場人物紹介
リュシーナ
ティレル侯爵令嬢。
婚約者の浮気現場に遭遇するも、
そこで出会ったハーシェスと
新たな恋に落ちる。
穏やかな性格で笑みを
絶やさないが、
脳内ツッコミは激しいタイプ。
ハーシェス
リュシーナの修羅場に
たまたま居合わせた騎士。
彼女に一目惚れして、
すぐさま求婚する。
平民出身だが、実家は
王都屈指の豪商。

クリストファー
リュシーナの父。
ティレル侯爵家の当主で、
かなり厳格な性格。
しかし心優しい一面も持つ。
エリザベス
リュシーナの母。
とある事件がきっかけで、
ティレル家の別邸に
ひとりで暮らしている。
ラルフ
ハーシェスの友人。
ヴィンセント公爵家の次男坊。
実の兄から命を
狙われているという。
アルバート
リュシーナの弟。
いつも無表情だが、
気を許した相手には
輝く笑顔を向ける。
ヘレン
リュシーナ付きのメイド。
頭の回転が速く超有能だが、
ときに暴走することも……
リュシーナ絶対至上主義。

目次

一目で、恋に落ちました

第一章　寝取られました

「リュ……リュシーナ⁉」

若い男女の声が見事に重なって、部屋に響いた。

二人に視線を向けつつ、ティレル侯爵令嬢リュシーナはふと思う。

――婚約者を寝取られる女、というのは、さほど珍しいものではないのかもしれない。だが、その現場に居合わせる女、というのは、ちょっと珍しいのではないだろうか。

彼女は、まじまじと目の前の男女を眺める。

リュシーナの婚約者である王国騎士のダニエル・トゥエンと、彼にまたがっているジャネット・エプスタイン。ジャネットは、リュシーナの友人――否《いな》、一分前まで友人だと思っていた少女である。

本日リュシーナは、王国騎士としてがんばっている婚約者に手製のマフィンを届けるべく、メイドのヘレンとともに騎士団の宿舎を訪問した。

案内役を買って出てくれた若い騎士のあとについて、リュシーナとヘレンはダニエルの部屋の前までやってきた。若い騎士は「おい、ダン！　素敵な婚約者殿がおまえに差し入れを持ってきてくださったぞ、感謝し――」と言いながら、勢いよくドアを開けたのだが……

そこで目にしたものがこれとは、さすがにちょっと、どう対応したらいいのかわからない。

ジャネットのドレスは胸元がはだけ、ささやかな膨《ふく》らみがあらわになっている。一方、可愛らしいクリーム色のスカート部分は、ジャネットとダニエルの下半身を覆《おお》い隠してくれていた。けれど、彼らの体勢と密着具合――そして下着がジャネットの足首に引っかかっているところから判断して、まぁ……そういうことなのだろう。

その下着は実に色っぽいデザインで、ジャネットの持つ雰囲気とはかけ離れていた。

ふわふわと巻いた黒髪に飾られたリボン、可愛らしい顔立ち、成熟しているとはとても言いがたい華奢《きゃしゃ》な体つき。

そんな子どもじみた外見のジャネットが乱れた格好をしているものだから、なんだか妙な犯罪くささが漂《ただよ》っている。

彼女は、リュシーナと同じ十七歳。すでに婚姻可能な年齢ではあるものの、リュシーナと比べると、はるかに幼く見える容姿をしていた。

もっとも、リュシーナは実年齢より年上に見られることが多いので、比較対象としては適切でないかもしれないが。リュシーナのまっすぐな銀髪、切れ長のコバルトブルーの瞳が、相手に落ち着いた印象を与えるのだろう。

とりあえずリュシーナは、ジャネットがドレスをすべて脱がないでいてくれたことに感謝した。

よく知った相手の生々《なまなま》しい濡《ぬ》れ場など、見たいものではない。

次いでリュシーナは、ジャネットの下で青ざめているダニエルに視線を向けた。

リュシーナがダニエルと婚約したのは、半年前。彼女の父親であるティレル侯爵が、親族一同と相談してダニエルを婚約者とした。いわゆる政略結婚である。

リュシーナは、それまでにも何度か社交の場でダニエルと顔を合わせていた。

明るい栗色の髪と瞳を持つダニエルは、同じ年頃の少女たちの間で「中の上ね！　美形すぎないところが親しみやすくて、ちょうどいいわ！」と、なかなか人気の高い人物であった。

彼との縁談を父から聞かされたとき、リュシーナは「結婚相手がハゲでデブの脂《あぶら》ぎった中年親父《おやじ》じゃなくって、本当によかった！」と胸を撫《な》で下ろしたものだ。

彼女は、自分よりも早く嫁《とつ》いだ友人たちから結婚生活に関する話をいろいろと聞き、『将来の旦那さまとは、あらかじめ友好的な関係を築いておいたほうがいい』と結論を出した。

そしてダニエルと正式に婚約してからというもの、リュシーナはマナーに反しない頻度で先方の屋敷を訪問し、義理の両親となる伯爵夫妻に礼儀正しい嫁として可愛がってもらえるよう、がんばってきた。

もちろん、婚約者本人のことも忘れてはいない。ダニエルの幼少時の話や好みをさりげなく探り、ミックスベリーマフィンが好物だと突き止めた。

自らマフィンを用意して騎士のダニエルを労《いたわ》りたいと思ったのだが、トゥエン伯爵家のメイド頭《がしら》は他家の貴族令嬢相手にも容赦なかった。「いずれこのトゥエン伯爵家の奥方さまになろうという方が、そんなことをするものではございません！」と何度窘《たしな》められたことか。しかしそのメイド頭《がしら》を口説《くど》き落とし、このたびようやく、マフィンの焼き方を伝授してもらえたのだ。

リュシーナは、手元の籠《かご》に目を落とす。まだほかほかと温かいマフィンに、断じて罪はない。メイド頭直伝《がしらじきでん》・おいしさ保証つきのお菓子を、寝台の二人に投げつけてはいけない、とリュシーナは自分に言い聞かせた。

自分は、誇り高いティレル侯爵家の娘なのだ。粗相《そそう》があっては、その家名に傷がつく。将来、家を継ぐ弟のためにも、ここは最大限冷静な対応が求められるところだ。

しかし非常に残念ながら、箱入りのお嬢さま（現在、花嫁修業中）である彼女は、今の状況を打破《だは》できるほど世間慣れしていなかった。

リュシーナは、メイドのヘレンにちらりと視線を移す。

乳姉妹《ちきょうだい》で親友でもあるヘレンは、リュシーナの知るほかの誰よりも賢くて信頼できる相手だ。けれど、さすがに彼女ひとりで現状をどうにかできるかといえば、答えは否《いな》。

リュシーナは再び視線を移し、ダニエルの部屋まで案内してくれた騎士を見つめた。

彼は勢いよくドアを開けた後、目を丸くして固まってしまった。しかし、なかなか頼りになりそうな人物に見える。

リュシーナは、彼の頭の先から足下まで素早く目を走らせた。

年の頃は、二十歳をいくつか過ぎたほどだろうか。見目は、かなりいい。清潔に整えられた明るい金茶色の髪に、一見黒にも見える深い紺色の瞳。友人たちの誰に紹介しても、「見た目だけなら上の上っ！」と太鼓判《たいこばん》を押してくれそうだ。

部屋に向かう前に挨拶《あいさつ》をしたとき、彼はハーシェス・ランと名乗った。聞いたことのない家名だから、この国では珍しい平民出身の騎士なのかもしれない。

リュシーナは、先ほど「ハーシェスと呼んでください」と言って彼が浮かべた朗《ほが》らかな笑みを思い出す。きっと彼は、ジャネットの下にいるダニエルとはまったく違うタイプの青年に違いない。

こんな醜聞《しゅうぶん》に、無関係な彼を巻き込んでしまうのは、ものすごく気が引ける。気が引けるのだが――ここは運が悪かったと諦めてもらおう。運の悪い彼には、のちほど心から謝罪した上で、迷惑をかけたお詫《わ》びの金品をきっちり贈ることにしたい。

リュシーナがヘレンに決意を込めた視線を送ると、彼女は引きつった顔ながらもしっかりとうなずいてくれる。

次の瞬間、リュシーナはふらりとよろめいた。

「リュシーナさまあああぁー！　お気をしっかり！」

盛大な悲鳴を上げたヘレンは、リュシーナの体をすかさず支え、さりげなくマフィンの入った籠《かご》を引き取ってくれる。

（ナイスよ、ヘレン！　ありがとう！）

ぐったりとヘレンに寄りかかり、リュシーナは密かに拳《こぶし》を握りしめた。バターと数種類のベリーがたっぷり練りこまれたマフィンは、あとでヘレンとおいしくいただくことにしよう。

――とそのとき、リュシーナの体がふわりと浮いた。

（……え？）

思わず、目を瞬《またた》かせる。

彼女のすぐそばには、ひどく真剣な眼差《まなざ》しをしているハーシェスの顔があった。

どうやら彼は、よろめいたリュシーナを抱き上げてくれたらしい。ショックを受けたリュシーナが人事不省《じんじふせい》に陥《おちい》った、と誤解したのだろうか。

罪悪感に、ちくちくと胸が痛む。

「も……申し訳、ありません……」

リュシーナの口から出た声は、自分でも驚くほど弱々しかった。

彼女が世間知《せけんち》に長《た》けた女性だったなら、衝撃を受けたふりをしてこの場を退場——という情けない手段を選んだりせず、自ら始末をつけることができたはずだ。

己の至らなさが情けなくて、泣けてくる。じわりと涙がにじんでしまい、リュシーナは思わず両手で顔を覆《おお》った。

レディたるもの、人前で感情を乱してはいけない。

わかってはいるのだが、頭の中は、自分で思っていた以上にぐちゃぐちゃだった。

ふと、厳格な父の顔が浮かぶ。

父は、この現状を知ってなお、ダニエルとの婚儀を進めようとするだろうか。

ダニエルの生家は、由緒ある伯爵家。リュシーナの生家である侯爵家のほうが上位だが、父はトウエン伯爵家との繋がりを持ちたいようだった。

「ふ、ぅ……っ」

未来予想図を頭に描いていたら、本気で泣けてきた。これは、生涯独身を貫《つらぬ》くことを決めて、すぐにでも修道院へ逃亡したほうがよさそうである。どの道、結婚間近の婚約者を友人に寝取られたとなると、リュシーナの名誉は泥まみれだ。その醜聞《しゅうぶん》から逃れ、今後の人生を静かに送れる場所は修道院しかない。

そんなことを考えていると、リュシーナの頭上から冷えきった低い声が響いた。

「――ダン。そちらのお嬢さんも、いい加減服を着たらどうだ？　みっともない」

ハーシェスの一言で、ダニエルの頭は再び動き出したらしい。

「まっ、待ってくれ、リュシーナ！　違うんだ、これは……っ」

ダニエルが裏返った声で叫ぶ。リュシーナは自分の名を彼に呼ばれただけで気持ち悪くなり、身を震わせた。

そんな彼女の代わりに、ハーシェスはいっそう冷ややかな声で淡々と告げる。

「おまえのためにわざわざ来てくださった婚約者に、よくもこんなひどい仕打ちができたものだな。そのお嬢さん、さっき彼女の名前を呼んでいたよな。婚約者の知人と真っ昼間から浮気かよ。ダン、オレはおまえを、心の底から軽蔑《けいべつ》する。二度と彼女の前でその薄汚い口を開くな、黙っていろ。おまえにはもう、彼女の名を呼ぶ資格はない」

（まったくその通りなのです！　よくぞおっしゃってくださいました、ハーシェスさま！）

リュシーナは感動した。彼へのお礼は、自分の宝石箱の中身を売り払って用意することにしよう。……ただ売却の際、一部のお金は修道院への逃亡資金に充《あ》てさせていただきたいと思う。

ハーシェスはこれ以上この場にいる意味はないと判断したのか、リュシーナを抱き上げたまま廊下を歩き出した。

すかさずあとを追いかけてきたヘレンが、掠《かす》れた声で言う。

「ランさま。このたびは、大変なご迷惑を――」

「自分に迷惑をかけたのはあの節操《せっそう》なしの阿呆《あほう》であって、あなた方ではありません。お詫《わ》びいただくに及びませんよ」

先ほどダニエルに向けたものとは別人のような、穏やかで落ち着いた声でハーシェスが答える。

しかしハーシェスに運ばれているリュシーナは、間違いなく彼に迷惑をかけていると思った。同時に、自分が『男性の腕の中にいる』と意識してしまい、とてつもない気恥ずかしさと居心地の悪さを覚える。

「あ……あの、ハーシェスさま……」

もう大丈夫ですから下ろしてください、と言おうとしたとき、背後から騒々しい足音が聞こえてきた。

「リュシーナ！　待ってくれ！」

(申し訳ありません、ハーシェスさま。まだ大丈夫ではありませんでしたー！)

慌ただしく追いかけてきたダニエルの声を聞き、彼女は全身に鳥肌を立てて身を縮める。ダニエルは息を乱しつつ、リュシーナたちの前に立ちはだかった。

貴族の男性が、妻以外の女性を愛することは珍しくない。ダニエルもまた、婚約者の友人と昼間からああいった行為に耽《ふけ》るタイプの男だったというだけのことだ。

しかしリュシーナは、そんな爛《ただ》れた神経の持ち主を『旦那さま』と呼ぶことなど、とてもできそうになかった。

吐き気さえ伴う壮絶な嫌悪感に、ダニエルの顔すら見たくなくて、きつく目をつむる。

彼女の頭上で、ハーシェスが苦々しげに口を開いた。

「……言ったはずだぞ、ダン。おまえには、もう彼女の名を呼ぶ資格がないと」

「つやかましい！　おまえこそ黙っていろ、平民風情《へいみんふぜい》が！」

その瞬間、リュシーナの中でダニエルの評価は、どん底を突き抜けて回復不可能なところまで落ちていった。

同じ騎士団に所属している相手に対し、身分を笠《かさ》に着て侮蔑《ぶべつ》するような言葉を向けることなど、断じてあってはならない。

これはむしろ、結婚前にダニエル・トゥエンという人間の素顔がわかったことを喜ぶべきなのかもしれない。妻として、一生彼に尽くすという未来を回避できたのだから。

リュシーナはぎゅっと拳《こぶし》を握りしめ、震える声で言葉を紡いだ。

「……トゥエンさま。あなたとの婚約は、今日限りで解消させていただきたく思います。どうか、ご縁はなかったものとさせてくださいませ」

ダニエルのほうを見ないまま告げると、ひどくうろたえた声が返ってくる。

「そんな……そんなことを言わないでくれ、リュシーナ。彼女とのことは、単なる間違いだ。きみの友人だと思っていたから、つい親しみを感じてしまって……」

リュシーナはあきれた。

この男は一体、何を言っているのだろうか。

思わず顔を上げ、情けなく歪《ゆが》んだダニエルの顔を見る。

「まぁ……。それではトゥエンさまは、今後わたしの友人たちに親しみを感じられたら、またあのようなことをなさるのですね？　わかりました。友人たちには、今後絶対あなたに近づかないよう伝えておきます」

「リュシーナ！　ち、違う、そういうことじゃ……！」

狼狽《ろうばい》して上ずった声を上げたダニエルに、ヘレンが落ち着き払った様子で言った。

「失礼ですが、トゥエンさま。そのようなだらしないお姿でいらっしゃることについて、どうお考えなのでしょう。ティレル侯爵家への侮辱《ぶじょく》と判断して、よろしゅうございますか？」

「……っ」

今のダニエルは、ズボンと革靴以外、何も身につけていない。ヘレンの言う通り、女性の前に出るには極めて失礼な姿だ。

言葉を失った彼に、ヘレンは淡々と続けた。

「まずは申し上げておきます。先ほどのあなたさまの行為は、リュシーナさまに対する最悪の侮辱《ぶじょく》です。その事実は、最低限ご理解いただきたく思います。男性の部屋をおひとりで訪問されたジャネットさまも、レディとしてあるまじき方かと……ですが、ジャネットさまは十七歳。あなたさまは二十五歳。年上の男性として、あるいは騎士として、せめて潔《いさぎよ》く責任をお取りになってはいかがですか？　いずれにせよ、こうなった以上、リュシーナさまがあなたさまのもとへ嫁《とつ》がれることはあり得ません。侯爵さまには、事の次第を包み隠さずお伝えいたしますので、ご承知おきくださいますようお願い申し上げます」

ダニエルと対峙《たいじ》するヘレンは、実にいきいきとした表情に彩《いろど》られていた。

リュシーナは、ヘレンが口喧嘩《くちげんか》で負けたところを見たことがない。

先ほどは引きつった顔をしていたヘレンだが、ハーシェスの助力もあり、いつもの調子を取り戻したようだ。

「ご婚約以来、リュシーナさまはあなたさまに相応《ふさわ》しい奥方となられるべく、健気に努力されてきました。私はそのお姿を、ずっとおそばで見てきたのです。だからこそ、今まで耳にしたさまざまな噂話を、リュシーナさまにお知らせするのは避けておりましたが――」

そこでヘレンは、とてもイイ笑みを浮かべる。

「こうしてあなたさまの不貞が明らかになった以上、もはやその必要もなくなりました。貴族のお屋敷に勤める使用人たちの繋がりを、甘く見ないほうがよろしいですよ。気心の知れたご友人たちに語っていらっしゃったあなたさまの武勇伝は、お屋敷に勤める多くの使用人が知っているのです。そして私はリュシーナさまの付き添いとして、彼らとはずいぶん親しくさせていただいております。この意味は、ご理解いただけますね？」

幼い子どもを諭《さと》すようなヘレンの口調に、ダニエルはみるみる青ざめていく。

その様子を眺めていたハーシェスは、小さく口笛を吹いた。リュシーナが見上げると、彼は楽しげに肩を揺らして笑っている。

彼女の視線に気づいたのか、ハーシェスは口を開いた。

「……失礼。あなたの騎士殿が、あまりに格好いいものですから、つい」

リュシーナは、とても嬉しくなった。うなずいて、ふわりとほほえむ。

「はい。ヘレンはわたしの知る限り、一番格好いい人なのですわ」

そう答えて、ヘレンにそっと視線を移した。

淡い金髪に、はしばみ色の瞳。今は地味なお仕着せ姿だが、すらりとしていて姿勢がいいし、化粧の映《は》える端整な顔立ちをしている。ドレスアップすると、まるで別人のように化《ば》けるのだ。

加えて彼女は、大変賢くてしっかり者である。これまで、どれだけ助けられてきたかわからない。

おそらくヘレンは、その知性を武器に、彼女らしい道を突き進んでいくだろう――主《あるじ》のリュシーナがいなくとも。

ヘレンに気力を叩き潰されたダニエルをその場に残し、ハーシェスは廊下を進んだ。やがて三人は宿舎を出て、馬車どまりに待たせていた侯爵家の馬車の前にたどりつく。

ハーシェスに抱かれたリュシーナを見て、御者役《ぎょしゃやく》の少年が目を丸くした。

一体何事か、と慌てる彼を、ヘレンが言葉少なに宥《なだ》める。その間にハーシェスは、柔らかな布張りの座席へリュシーナを座らせた。

リュシーナは、彼に深々と頭を下げる。

「このたびはご迷惑をおかけしてしまい、大変申し訳ありませんでした。いずれ、あらためてお礼を申し上げたく思います。ハーシェスさまがお休みの日にご自宅にうかがっても、ご迷惑ではありませんでしょうか？」

その問いに、ハーシェスが柔らかな声で応じた。

「……私は、お礼をしていただくほどのことなど何もしておりませんよ。リュシーナさま」

とんでもない、とリュシーナは首を振った。

「ハーシェスさまがいらっしゃらなければ、あの場を後にすることはできませんでしたわ。そのお礼もせずに、修道院に入るなどできません」

修道院に入ってしまえば、二度と外部の男性と接触できなくなる。その前に、彼にはぜひともお礼を受け取ってほしかった。

ハーシェスは、深い紺色の瞳をすぅと細める。

「修道院……？　なぜあなたが、そんなところに入らなければならないのですか？」

ひどく真剣な彼の声に、リュシーナは困って曖昧《あいまい》にほほえんだ。

「仕方がありませんわ。こんな形でトゥエンさまとの婚約が白紙になった以上、わたしを妻に迎える殿方なんて、もうどこにもいらっしゃいませんもの」

実態はどうであれ、今やリュシーナは『ダニエルに捨てられた女』。リュシーナを妻に迎えれば、『ダニエルが捨てた女を娶《めと》った男』と噂されるだろう。

わざわざそんな不愉快な立場に身を置こうとする者など、いるわけがない。

「最後にハーシェスさまのような素敵な殿方とお会いできて、とても嬉しく思います。これからはあなたのご多幸とご武運を、いつもお祈りさせていただきます。本当に、ありがとうございました」

どうせ修道院で祈りを捧げるならば、見目麗《みめうるわ》しい殿方のために祈ったほうが楽しいに決まっている。今回助けてもらったばかりか、今後の人生に張りまで与えてくれたハーシェスには、何度礼を言っても足りないくらいだ。

「……リュシーナさま」

ハーシェスは、真剣な表情をリュシーナに向けている。

それにしても、彼の顔は実に麗《うるわ》しい。

今のうちにご尊顔《そんがん》を目に焼きつけておこう、と考えていたリュシーナに、ハーシェスはためらいながらも口を開いた。

「私では、いけませんか？」

「……何がでしょう？」

リュシーナが首を傾《かし》げると、彼は思い切った口調で言葉を重ねる。

「あなたを妻に迎えるのが、私ではいけませんか？　リュシーナさま」

リュシーナは目を丸くした。

まじまじと見返してみたところ、彼は至極《しごく》真面目に言っているようだ。

どうやら彼は、非常にお人好しな性格であったらしい。それともこれが、女にはいまいち理解しがたい騎士道精神というものなのだろうか。

「ハーシェスさま？　いっときの同情心でそのようなことを決められては、いつか必ず後悔されますわ。お気持ちは、大変ありがたく受け取らせていただきます。ですが、今のお話は聞かなかったことにさせてくださいませ」

ハーシェスならば、どんな女性でもよりどりみどりのはず。

醜聞《しゅうぶん》にまみれるであろうリュシーナを娶《めと》って、わざわざ苦労を背負いこむ必要などない。

やんわりと答えたリュシーナに、ハーシェスはなぜか楽しげな微笑を浮かべた。

「同情などではありませんよ、リュシーナさま。私は先ほど、一目であなたに心を奪われましたから」

「……はい？」

目を瞬《またた》かせたリュシーナに、彼は続ける。

「もちろん、あなたがダンの婚約者のままであったなら、この気持ちを告げる気などありませんでした。けれどあいつはあなたを裏切り、あなたは神の家に入るとおっしゃる。……正直に言いましょう。私は今、ダンに感謝しています。よくぞ、あなたを裏切ってくれた、と」

彼の低い囁《ささや》きに、リュシーナの背筋がざわつく。

今まで、こんなに情熱的な眼差《まなざ》しで見つめられたことはない。

「私は、平民の生まれです。貴族の——侯爵家のご令嬢であるあなたに、今後苦労をさせないとお約束することはできません。けれど、それでも私は……あなたが、欲しい」

そのとき、リュシーナの脳裏でコッソリと誰かが囁《ささや》いた。

『こんなにキレイなお顔を毎日間近で見られるのなら、多少の苦労なんて気にしないっ。やってみてどうしてもダメなら、改めて修道院の門を叩けばいいんだし！』

……実のところ、ハーシェスの顔は、リュシーナの好みにどストライクだったのである。

それこそ、『ダニエルの婚約者』という立場でなければ、出会った瞬間、恋に落ちていたに違いない。

「あ……あの……でも、わたしは……」

とはいえ、『超・好みです！』なハーシェスに迷惑をかけてしまうのは忍びない。ここはやはり初志貫徹《しょしかんてつ》、修道院からひっそりとハーシェスの幸福を祈らせてもらおう。

そう考えて、口を開きかけたときである。

「リュシ——うわっ⁉」

突然、御者役《ぎょしゃやく》の少年がハーシェスをどっかんと馬車の中に蹴りこんだ。

「男に二言はございませんわね、ランさま！　ではさっそく、旦那さまにご挨拶《あいさつ》とまいりましょうか。ご安心くださいませ、私はこれでも旦那さまの恥ずかしい秘密を二十八個ほど存じ上げております。もしものときには、そのうちの七個ほどに尾ひれ腹びれ背びれ胸びれ浮き袋もつけて、あちこちでお話ししてまいりましょう。そう申し上げれば、旦那さまもお二人の仲を快《こころよ》く許してくださることと思います！」

ヘレンは一息でそう言うと、足取りも軽く馬車に乗りこんでくる。

どうやら、少年の蹴りは彼女の指示だったらしい。

青ざめた少年はぺこぺこと頭を下げながら慌ただしく馬車の扉を閉め、あっという間に馬を走らせはじめた。

ハーシェスは、一体ぜんたい自分に何が、という顔をしている。

賢くも頼りになる乳姉妹《ちきょうだい》のヘレンは、リュシーナの幸福のため、ときに暴走することがある。こうなると彼女は、結果をもぎ取るまで決して止まることがないのだ。

彼女にロックオンされてしまったハーシェスは、きっとどこにも逃げられないだろう。

リュシーナは一度馬車の天井を仰ぎ、ぎゅっと拳《こぶし》を握りしめた。そして覚悟を決めて、口を開く。

「……ハーシェスさま。わたしは、今まで苦労らしい苦労をしたことのない貴族の娘です。お裁縫《さいほう》やお料理、お洗濯、お掃除などは、これから一生懸命学んでいくつもりではございますが、多くの至らない点があると思います。――それでも、わたしは……わたしを望んでくださった、あなたとともに生きていきたいと、思います」

馬車の床に座り込んだままのハーシェスに向かって、どうにかそう告げる。リュシーナは、自分の顔が真っ赤になっているのを感じた。

しかし、なかなかハーシェスから言葉が返ってこない。

(……ち……沈黙が、痛いのです……っ)

恥ずかしさといたたまれなさが耐えがたくなった頃、片手で顔を覆《おお》った彼が低く呻《うめ》いた。

「……やばい。可愛い。何この拷問。落ち着けオレ。がんばれオレ。ここで理性飛ばしたら、あの阿呆《あほう》と同じ阿呆《あほう》判定されるからなオレ」

ハーシェスが、ぶつぶつとよくわからないことをつぶやきだす。ちょっと怖い。

「あの……ハーシェスさま……？」

おそるおそる声をかけたリュシーナの腕に、そっとヘレンが触れた。

「大丈夫ですわ、リュシーナさま。殿方はときに、こういった不思議な症状に見舞われることがあるのです」

「そうなの？」

ほっとしたリュシーナに、ヘレンはにこやかにうなずいた。

「そうなのですわ。何も心配することはございません。ですから——お屋敷に着くまでの間、少々考えごとをさせていただいてもよろしいでしょうか？」

「ええ。もちろんよ」

「ありがとうございます」

そう言うとヘレンは、馬車の座席に腰かけて目を閉じたまま、微動だにしなくなった。

そんな彼女を見たハーシェスが、困惑した様子で首を傾《かし》げる。

「リュシーナさま？　彼女は、一体……？」

「大丈夫ですわ。少し考えごとをしているだけですから」

ヘレンは今、リュシーナとハーシェスが婚姻するための最善策を練っているのだろう。もし二人の婚姻を邪魔しようとする者がいたなら、ヘレンによって容赦なく排除されるに違いない。

それから少しの間、よくできた人形のように静止していたヘレンは、突然ぱっと目を開いてハーシェスを見た。

「――ランさま」

ハーシェスは一瞬驚いた様子で目を見開いたが、ゆっくりと微笑を浮かべる。

「はい。なんでしょうか、ヘレンさん」

ヘレンはどこか遠くを見るような表情で口を開く。

「もしやランさまは、ラン商会の代表であられるルーカス・ランさまのご子息でいらっしゃいますか？」

「はい。父をご存じなのですか？」

ハーシェスが意外そうな口調で応じる。しかし、彼の答えには、リュシーナのほうが驚かされた。

ラン商会は、その名を広く知られている。リュシーナたちの暮らすこの王都でも、五本の指に入るほどの豪商だ。

ラン商会は、庶民向けの生活用品から貴族階級の求める高価な品まで、幅広い商品を扱っている。中でも、異国からの輸入品は高品質だと定評があった。

ヘレンはハーシェスの顔をじっと見つめると、ひとつうなずいて「よし」とつぶやいた。

若干《じゃっかん》腰の引けた様子のハーシェスに、ヘレンは淡々と口を開く。

「前提条件の大幅な修正に伴い、より成功確率の高い方向へ作戦を変更いたします。――ランさま。旦那さまは、他人の感情の機微《きび》に疎《うと》いところがおありです。また、一度こうと思いこんだことに関しては、なかなか意見を変えない面倒な方でもございます」

身も蓋《ふた》もないことをさらりと言ったヘレンは、ハーシェスの目をまっすぐ見ながら続ける。

「ですが、頭が固いばかりで先を見る目のない、旧態依然《きゅうたいいぜん》とした貴族の当主ではございません。あなたさまが旦那さまに提示できる条件が、侯爵家にとって利があると納得させられるものであったなら、リュシーナさまとの婚姻を前向きに検討していただけるかと存じます」

淀《よど》みなく告げられたヘレンの言葉に、ハーシェスは呆気にとられたようだった。

少しの間のあと、軽く眉をひそめて口を開く。

「……商人として、侯爵からリュシーナさまを買い取れとおっしゃるのですか？」

不快げに言うハーシェスに、ヘレンはにこりとほほえんだ。

「ラン家の後継ともあろうお方が、恋情《れんじょう》に溺れるのですか？　リュシーナさまを正しく奥方さまにお迎えする機会を、ふいになさると？」

「……っ」

ぐっと詰まったハーシェスに、ヘレンは笑みを深める。

「まぁ、ここで一切の迷いもなくリュシーナさまを買い取ろうとなさる方でしたら、今すぐ馬車から蹴り出して差し上げましたが。――よろしいですか、ランさま。リュシーナさまがあなたさまのもとへ嫁《とつ》がれたら、いずれ心ない方々から『身を落とした』と蔑《さげす》まれるのです。あるいは『お気の毒に』と哀れみを向けられたり、ご友人から今後のおつきあいを絶たれたりするでしょう」

「あら、ヘレン。怖ーいおばさま方のおしゃべりにおつきあいしなくてもよくなるのなら、わたしはとっても嬉しいわ。それに、こんなことでおつきあいのなくなる方なら、遅かれ早かれお友達ではいられなくなったと思うの」

すかさずそう言ったリュシーナに、ヘレンは半眼を向けた。

「リュシーナさま。殿方はある程度逆境に追いこんでこそ、その真価がわかるものなのです。もちろん、あまり追いこみすぎては危険です。突然ぷっちりとキレた挙げ句、自爆してしまいかねない繊細さをお持ちですから。そのあたりのさじ加減がなかなか難しいところではありますが……とりあえず今は、大変気合いを入れなければならない正念場《しょうねんば》です。ランさまを甘やかして差し上げるのは、すべての片がつくまで、もうしばしお待ちくださいませ」

びしっと教育的指導をされて、リュシーナは素直に謝る。

「わかったわ。邪魔をしてごめんなさいね」

ヘレンは「よろしいのですよ」と笑ってうなずく。

そのときリュシーナは、ハーシェスが少し戸惑った顔で自分たちを見ているのに気がついた。もしかしたら、ヘレンのリュシーナに対する遠慮のなさに驚いているのかもしれない。

「ヘレンは、わたしの乳姉妹《ちきょうだい》なのですわ。小さな頃からずっと一緒だったものですから、とても頭が上がりませんの」

リュシーナが笑みを浮かべてそう言うと、ハーシェスも笑みを返してくれた。

「そうだったのですか」

（はう……っ）

彼の甘いほほえみに、リュシーナの正直すぎる心臓は、『きゅんきゅん』を通り越して『きゅっ』と潰れそうになった。

……今まで、こんなふうに命の危機を感じたことはない。美麗《びれい》な殿方の素敵な笑顔が、まさかこれほど心臓に悪いものだとは。

だがリュシーナとて、レディの一員。良家の子女が礼儀作法を学ぶフィニッシング・スクールだって卒業している。これ以上ハーシェスに恥ずかしいところを見せてなるものか、と穏やかな笑顔をキープした。

（ふふふ……偉いわ、わたし）

リュシーナがレディの誇りを守り切ったところで、ハーシェスはあらためてヘレンに向き直った。

「それでは、ヘレンさん。ここからは、私のことを騎士ではなく商人——ラン家の次期当主と思ってお相手していただけますか？」

——リュシーナの父であるティレル侯爵に、利があると思わせるほどの条件を提示できるかどうか。

ハーシェスは、先ほどのヘレンの言葉に応《こた》える気でいるようだ。

ヘレンはわずかに目を瞠《みは》ったあと、わずかに唇の端を持ち上げた。面白いものを見つけたときの、彼女の癖である。

「もちろんですわ。ランさま」

ヘレンがそう返すと、リュシーナは思わず両手を組み合わせた。

（ハ……ハーシェスさま！　こうなったヘレンは、とっても手強《てごわ》いのですが……どうか、がんばってくださいませね！）

はらはらしながら見守るリュシーナの前で、ハーシェスは落ち着いた口調で続ける。

「ありがとうございます。私の提示できるカードは、ラン家の財力と、後継者という立場。私の父は、商工連の顔役のひとりでもあります。加えて、国内外の主要な商人たちと繋がるネットワーク。リュシーナさまとの仲を認めていただけない場合、侯爵家に縁のある方々への資金援助を打ち切る、という手段も辞さないつもりですが――」

王都でも屈指の豪商ラン家はかなりの財力があり、今や経済界に多大な影響力を持つ。そして多くの貴族は、ラン家のような商家から資金を借り入れているのだ。

ハーシェスの言葉に、ヘレンはうなずきながら答える。

「確かに、有効な手段であるかと存じます。ですが、ティレル侯爵家との友好的な関係が完全に断たれることにも繋がりますので、あくまでも最終手段にとどめておいたほうがよろしいかと」

「ええ。それは私の望むところでもございません。そこでこの際、ダニエルには徹底的に悪役となってもらおうかと思うのですが、いかがでしょう？」

「……一体、どのようにして？」

『にやり』としか言いようのない笑みを浮かべたヘレンに、ハーシェスは穏やかな微笑を返す。

リュシーナは、またもときめいてしまった。

「侯爵へのご挨拶《あいさつ》は、しばらくお待ちいただいてもよろしいでしょうか。それまでの間、リュシーナさまには少々居心地の悪い思いをさせてしまいますが――リュシーナさまを最悪の形で侮辱《ぶじょく》した愚《おろ》か者をのさばらせておくなど、私は断じて我慢ならないのですよ」

ハーシェスが力強く言えば、ヘレンも我が意を得たりとばかりにうなずく。

「ええ、まったくです。了解いたしました、ランさま。それでは私も、微力ながらお手伝いさせていただきます。ティレル侯爵家とトゥエン伯爵家にお仕えする使用人仲間全員に、今回の一件を細《さい》大漏《だいも》らさず多少の脚色を加え、面白おかしく広めてまいりましょう」

「ありがとうございます、ヘレンさん。……リュシーナさま、申し訳ありませんが、少しの間だけ辛抱していただけますか？」

ハーシェスから気遣《きづか》うように問いかけられ、リュシーナも自分にできることを考えた。

「あの……そういうことでしたら、わたしもお友達のみなさんに、ダニエルさまの不実を涙ながらに訴えたほうがよろしいでしょうか？」

侮辱《ぶじょく》されたまま泣き寝入りするなど、断じてリュシーナの趣味ではない。

リュシーナは、ちょっと楽しくなってきた。

そんな彼女の気持ちが伝わったのか、ヘレンも晴れやかに笑いかけてくる。

「それがよろしいですわ、リュシーナさま。ですがランさまに求愛されたことは、まだ秘密にしておかなくてはなりませんよ？　噂というものには、尾ひれがつくものです。どこでおかしなことを言われるか、わかったものではありませんから」

「ひどいわ、ヘレン。わたしだって、そこまでおばかさんじゃありません」

むっとしてヘレンを睨《にら》みつけたリュシーナは、ふと小さな不安を覚えた。

「ヘレン？　あなたこそ、やりすぎるようなことはしないでちょうだいね。確かにトゥエンさまは紳士の風上にも置けないような最低の殿方だけれど、伯爵家の方々にとっては大切なお坊ちゃまなのですもの。ばかな子ほど可愛いとも言うし、逆恨《うら》みでもされたら大変よ？」

リュシーナの指摘に、ヘレンは不思議そうに首を傾《かし》げる。

「大変でしょうか？　多少、面倒なことになるかとは思いますが……」

どうやらヘレンにとって、『大変なこと』と『面倒なこと』はイコールにならないらしい。

リュシーナは、彼女にやんわりとほほえみかけた。

「……それにね、ヘレン。トゥエン伯爵家のメイド頭《がしら》には、おいしいマフィンの焼き方を教わったでしょう？」

ヘレンが、ぽんと両手を合わせる。

「そういえば、そのご恩がございましたね。わかりました。今後あちらの使用人のみなさまが、恥ずかしさのあまり表を歩けない、なんてことにはならないように、できるだけ注意いたします」

もしメイド頭《がしら》から素敵なマフィンのレシピを伝授されていなければ、トゥエン伯爵家にもたらされる災厄がどれほどのものになったのか――リュシーナはちょっぴり怖くなった。

その後、三人でおおまかな計画をまとめ上げると、ハーシェスは人気のない路地で馬車から降りた。

――これからしばらくの間、ハーシェスとは言葉を交わすどころか、顔を合わせることさえできなくなる。どれほど望んでも、リュシーナから彼に会いに行くことは絶対に許されない。

胸の奥が、ぎゅっと引き絞られたように痛んだ。

まだ出会って間もないのに、リュシーナは自分でも驚くほどハーシェスに心惹かれていた。

切ないくらいの離れがたさを感じたけれど、それをハーシェスに悟られてはいけない、とリュシーナは自分に言い聞かせる。そんな彼女に、彼は騎士服のポケットから取り出したものを差し出してきた。

「リュシーナさま。どうかこれを、再会のお約束代わりに」

それはクラシカルな細工の施《ほどこ》された懐中時計だった。

長い間、彼が身につけていたのだろう。

社交の場で貴族が身につける煌《きら》びやかな品とは違い、ところどころに傷がついているけれど、彼が大切に扱っていることが伝わってくる。

……こんなふうに、彼に大切にしてもらえる自分になりたい。そのためにも、今は違う場所でがんばらなければならない。

リュシーナは懐中時計を胸に抱くと、幼い頃に祖母から受け継いだ耳飾りを片方外した。

「ありがとうございます、ハーシェスさま。……あの、次にお会いするときまで、こちらをお持ちいただけますか？」

祖母は、リュシーナと同じコバルトブルーの瞳をしていた。そんな彼女がとても大切にしていた耳飾り。これは、リュシーナにとって亡くなった祖母との思い出の品である。

――この耳飾りを託《たく》すことに、迷いを覚えなかったわけじゃない。けれど、ハーシェスは大切にしている懐中時計を自分に預けてくれた。ならば自分も、彼に大切なものを預けるべきだ。

ハーシェスは耳飾りを受け取り、そっと握りしめた。

「……ありがとうございます、リュシーナさま。いずれ必ず、お返しいたします」

「はい。わたしも、必ず――。それまで、大切にお預かりいたします」

生まれてはじめて交わした、恋しい男性との再会の約束。それはリュシーナが想像していたよりも、ずっと切ないものだった。


ハーシェスと別れたあと、リュシーナとヘレンを乗せた馬車はティレル侯爵家に向かって走っていた。

リュシーナはふと、隣に座るヘレンに目を向ける。

幼い頃から、いつも一緒に過ごしていた乳姉妹《ちきょうだい》のヘレン。

リュシーナよりひとつ年上の彼女は、非常に優《すぐ》れた頭脳を持つ少女だった。ティレル侯爵家の本邸で同じことを習っても、ヘレンはすべてをすぐさま理解し、リュシーナのはるか先を行く。

(だからわたし、自分のことをとってもおばかさんだと思いこんでいたのよね……)

いつの間にかヘレンが基準になっていたリュシーナは、十二歳でフィニッシング・スクールに入学したときに衝撃を受けた。

世の一般的な少女たちは、自分と同じく、学習内容を理解するためにはそれなりの時間を必要とするらしい。つまりリュシーナがおばかさんだったわけではなく、ヘレンの頭がよすぎたのだ。

多くの知識を次々と吸収し、ためらうことなくそれらを応用するヘレン。もっとも、その応用方法は多少ナナメ上をいくことが多かったのだが。

頭のよすぎる人間というのは、得てして普通の人間には理解しがたいところがあるのですよ――そう言ったのは、古典文学の家庭教師だっただろうか。

ヘレンは、頭の回転が速すぎるためか、他者とのコミュニケーションの取り方が独特で、どこかずれているところがあった。

それでも、彼女と長い時間を過ごしてきたリュシーナからすれば、その思考パターンはある意味非常に単純だ。

――身内か、それ以外か。

ヘレンの基準は、そこに集約されている。

彼女にとって優先すべきなのは家族と、主家であるティレル侯爵家。そして何より、生まれたときから彼女の『主《あるじ》』と定められていたリュシーナだ。

家庭教師たちは、口を揃えて「もったいない」と言った。もしヘレンが男に生まれていたなら、きっとその才覚で偉業を成し遂げていただろうに、と。

しかし、リュシーナは常々、彼らはおかしなことを言うものだと思っていた。

ヘレンの人生は、彼女のものだ。

その優《すぐ》れた才能をどのように使うかは、彼女自身が選ぶべきだろう。

そう、リュシーナは、生まれたときからヘレンの『主《あるじ》』だった。

ヘレンの才を活《い》かすも殺すも、リュシーナ次第である。

リュシーナが学んだ歴史書の中に、このようなことが書かれていた。

『よき主《あるじ》とは、部下の才をあまねく花開かせる者のことである』

かつて一軍の将を務めていた人物の言葉である。

リュシーナは、おそらく見てみたかったのだろう。いつだってはるか未来を見据えているヘレンが、その才を開花させた先で何を得るのか、何を望むのか――

だからこそ、リュシーナは、彼女に与えることのできるものすべてを与えた。

偉大な先人の知恵を記した書物、最新の知識を得られる機会、彼女の才を正しく評価できる人々と出会う機会。

世界が広がるほど、ヘレンの瞳の輝きは増していった。

リュシーナは、そんな彼女の姿を誰より近くで見つめ続けてきたのだ。

だが――

「ふ……ふふふふっふっふ。リュシーナさま。正直に申し上げますと、私は以前から、このたび浮気の発覚したロクデナシ男が大変気に入らなかったのですよ。今後、あの男にどのような不幸が降りかかろうとも、私は心からの高笑いを捧げさせていただく所存です」

――少々不気味な笑みを浮かべるヘレンが、ちょっと怖い。完全に、目が据わっている。

ヘレンとは長いつきあいだが、これほどやる気に満ちあふれている彼女を見るのは、はじめてかもしれない。

ひょっとして、ここはダニエルの冥福《めいふく》を祈る場面なのだろうか。

暴走気味のヘレンは、なおも続ける。

「平民風情《へいみんふぜい》、でございますか。……苦労知らず世間知らずのお坊ちゃまだとは思っておりましたが、まさかここまで残念な頭の持ち主だったとは。ふふ、平民風情《へいみんふぜい》に何ができるのか、これからじっくりしっかり心ゆくまでご理解いただこうではありませんか」

……リュシーナは、ダニエルの冥福《めいふく》を祈ることにした。

さりげなく、馬車の窓から外を見る。

(本来なら、ダニエルさまとジャネットさんに対してわたしが一番憤《いきどお》るべきなのでしょうけれど……。将来確実に不幸になることがわかっている相手には、とても寛容な気持ちになれるものなのね)

この短時間で、寛容さが数段レベルアップしたリュシーナは、にこりと笑ってメイド姿の最終兵器——もとい、親友を見た。

やりすぎてはいけない、という注意はすでにしている。

ならば、今回の件についてリュシーナが憂《うれ》うべきことは何もない。

「ありがとう、ヘレン。とても楽しみよ」

ヘレンも嬉しそうに笑い返してくる。

「リュシーナさまのご期待に沿えるよう、鋭意努《えいいつと》めさせていただきます」

そしてふたりは、にっこりと笑い合った。

◆　◇　◆

ティレル侯爵邸に戻ったリュシーナが真っ先にしなければならなかったのは、ヘレンに支えられながら悄然《しょうぜん》とした足取りで自室に向かい、ベッドに潜《もぐ》りこむことだった。

なんとも情けない限りだが、『婚約者と友人に裏切られ、人生に絶望しているお嬢さま』を演出するには、ハーシェスから預かった懐中時計を抱きしめ、幸せいっぱいの顔をしているところなど、誰にも見せてはいけないのである。

最初の任務が『仮病《けびょう》』であるという情けなさに、リュシーナは憤《いきどお》りと理不尽さを感じずにはいられなかった。

（ああぁ……っ、今頃ハーシェスさまは、今後のためにいろいろと動いていらっしゃるのでしょう。ヘレンも、使用人仲間たちと楽しくおしゃべりをしながら、今後の予定をわくわく考えているに違いありません。なのに、わたしだけこんなふうにベッドに引きこもることがお仕事だなんて、とっても不公平だと思うのです……！）

とはいえ、今のリュシーナにできるのは『傷心のお嬢さま』を演じることだけ。そしてこれもまた、今後のために必要なことである。

（……いいえ、嘆《なげ》いている暇があったら、少しは自分にできることを考えるべきよね。ハーシェス

さまとヘレンに、任せっ切りにしてはいけないわ）

——リュシーナは、落ちこむところまで落ちこんだあと、割とすぐに頭を切り替えることができる。結構頑丈な精神構造を持っているのだ。

あまりにいろいろなことがありすぎて、頭が飽和状態になっている。ただ、幸いなことに今、考える時間だけは充分にある。

ここはきちんと状況を整理して、自分にもできることを模索すべき場面だろう。

リュシーナが今置かれているのは、『婚約者を友人に寝取られた貴族令嬢』という、情けなくも腹立たしい立場である。

普通、この状況でリュシーナが選べるのは、俗世の何もかもを捨てて修道院に入るか、恥《はじ》と不名誉と屈辱《くつじょく》に耐え、何事もなかった顔をしてトゥエン伯爵家に嫁《とつ》ぐかだ。

——しかし、こんな醜聞《しゅうぶん》にまみれてしまった自分を、ハーシェスは望んでくれた。

どうして彼のように素敵な男性が自分を選んでくれたのか。本当に不思議で仕方ない。

けれど、あのとき彼がリュシーナを見つめて告げた言葉に、嘘はなかった。

彼は、リュシーナのことを欲しいと言ってくれたのだ。

どんなに困難なことなのかをわかった上で、それでもリュシーナを望んでくれた。

（……わたし、ハーシェスさまにふさわしい女性になりたいわ）

そして彼から預かった時計のように、末永く彼に必要とされたい。

頭が痛くなるほどいろいろ考えていたリュシーナは、小さなノックの音で我に返った。

静かに開かれた扉の先には、ティーセットを載せたワゴンを押すヘレンの姿が見える。彼女がしっかり扉を閉めるのを確認し、リュシーナは勢いよく体を起こした。

けれど口を開こうとする前に、ヘレンがそっと人差し指を立てた。どうやら、扉の前に誰かが控えているらしい。

仕方なくヘレンが近寄るのを待っていると、彼女は低く抑えた声でこう言った。

「みなさん、リュシーナさまのことをとても心配していますよ」

「……そう」

事情はどうあれ、こうして気遣《きづか》ってくれる人々を騙《だま》しているというのは、やはり胸の奥が重くなる。

申し訳なさに目を伏せたリュシーナだったが、ヘレンはさらりと続けた。

「まぁ、敵を騙《だま》すにはまず味方からと申します。そのあたりは気にしても仕方がないので、忘れることにしましょう、リュシーナさま。まず、現状についてお話しさせていただきたいのですが――」

……ヘレンは、リュシーナよりもはるかに頭の切り替えが早かった。

彼女がさらさらとよどみなく語った内容は、先ほど馬車の中で立てた計画通りのものだった。

いつでもどこでも冷静沈着《れいせいちんちゃく》なヘレンだが、本気で怒ると、普段以上に落ち着いた空気をまとう。

ヘレンはいつも以上に静かな口調で事の次第を執事頭《しつじがしら》に報告したあと、使用人仲間たちの前で、ダニエルとジャネットの関係について話したらしい。どのように伝えたのか、ヘレンが再現してくれたのだが、その罵詈《ばり》雑言《ぞうごん》の嵐に、リュシーナは少し顔を引きつらせた。

なんの心の準備もなく、ヘレンの怒りの言葉を耳にした使用人たちは、さぞかし恐ろしい思いをしたに違いない。

ヘレンが話し終えると、リュシーナは、あらためてヘレンに向き直った。

そしてベッドの中で考えていたことを整理しながら、ゆっくりと口を開く。

「――あのね、ヘレン。今の状況を動かすために、わたしにできることがあまりないのはわかっているわ。だからわたしは、もっと先のことを考えたいと思うの」

一度瞬《まばた》きをしたヘレンが、視線だけで続きを促《うなが》す。

リュシーナは、ぎゅっと指を握りしめた。

「いずれハーシェスさまの妻となったとき、わたしがあの方のためにできることは何かしらって考えたの。ラン家のお仕事をお手伝いさせていただくために、今、何をしておいたらいいかしらって。――それでね、ラン商会が扱っている品は異国のものが多いでしょう？　異国からのお客さまをお迎えする機会も、きっとたくさんあるのではないかと思うの」

ヘレンは微笑した。

「ええ、そうですわね。ラン家は、本当に多くの国々と取引をされていらっしゃるようですから。日用品に限らず、学者の先生方向けの稀覯本《きこうぼん》まで扱われていると聞いていますわ」

「まぁ、そうなの？」

学術的な分野にまで通じているとなると、ハーシェスの実家は、リュシーナが思っていたよりもはるかに手広く商売をしているらしい。

幼い頃から、リュシーナはふたつほど外国語を学んでいるけれど、それらの言語を使う機会に恵まれたことは一度もない。

だがこうして異国に関わりのある男性に嫁《とつ》ぐと決めた以上、もっと実践的な学習をしておくべきだろう。

決意のほどを話すと、ヘレンは楽しげに笑った。

「それでは、あの変態との婚約が解消されましたら、こうするのはいかがでしょう。リュシーナさまは、男嫌いになられてしまうのです。婚約者からひどい裏切り方をされてしまったのですもの、決しておかしな話ではありません。そして将来的に家庭教師を目指されるということにしておけば、異国の言葉や文化を学ばれていても、おかしいと思われることはありませんわ」

リュシーナは、彼女の案に目を輝かせた。

今後、屋敷の中では『目指せ、ひとりでも生きていける職業婦人！』の看板を掲げることにしよう。

――とそのとき、リュシーナの部屋の扉が勢いよく開いた。

さすがに驚いたけれど、この屋敷でこんなことをできるのはひとりだけだ。

「姉上……」

よほど急いでやってきたのか、弟のアルバートは、血の気の引いた顔で息を乱している。

全寮制の学舎に通っている彼が屋敷に戻ってこられるのは、週末の休息日だけ。

しかし、姉のリュシーナがひどい醜聞《しゅうぶん》に巻きこまれたことを知り、飛んできてくれたようだ。

足早にリュシーナのそばにやってきたアルバートは、呼吸を乱したまま、ぐっと右の拳《こぶし》を握りしめた。

――アルバートは、今にも泣き出しそうな顔をしている。彼のこんな姿を見るのは、ずいぶん久しぶりだ。

リュシーナはそっと彼の手に触れて、できるだけ柔らかくほほえんだ。

「大丈夫よ、アルバート。わたしは、大丈夫」

「……っ」

開け放たれたままだった扉を、ヘレンが音を立てないようにゆっくりと閉める。

物心ついてから、アルバートはリュシーナ以外の人間と、ほとんど口もきかなかった。

仕事ばかりでめったに顔を合わせることのない父も、数年前から別邸で暮らし帰ってこない母も、自分たち姉弟にとって、ひどく遠い存在である。

だからこそ、リュシーナはこれまでアルバートを守り、育ててきたのだ。

「……驚かせてしまって、ごめんなさいね」

そう謝ると、アルバートはうつむいて、何度も頭を振る。

ベッドの中からアルバートの手を引くと、彼は素直に体を屈《かが》め、リュシーナに顔を寄せてくれる。

リュシーナは、汗ばんでひんやりとした彼の頬を両手で包みこんだ。

「大丈夫よ。あなたが心配するようなことは何もないの。わたしがあなたに、嘘を言ったことがあったかしら？」

「……」

リュシーナと同じ、コバルトブルーの瞳が戸惑ったように揺れる。

リュシーナの声も表情も穏やかで、苦悩の陰が見えないことに気がついたのだろう。

汗で額《ひたい》に張りついたアルバートの髪をそっと払い、リュシーナはもう一度ほほえんだ。

「喉《のど》が渇いたでしょう？　まずはお茶をいただいて、それからゆっくり話をしましょう」

今までもこれからも、彼にだけは絶対に嘘をつかないと約束した。

こくんとうなずいたアルバートが、ベッドのそばに置かれた椅子に腰を下ろす。

そつのないヘレンが見事な手際でお茶を用意する姿を見ながら、リュシーナは思った。

弟に嘘をつくことなど絶対にできない。

けれど――弟の心の平穏のためにも、ヘレンがこの落ち着き払った表情の下でどれほど怒り狂っているのかは、やっぱり黙っておくことにしようと。

第二章　計画始動

リュシーナとヘレンを見送ったハーシェスは、その後、辻馬車《つじばしゃ》を拾って騎士団本部に戻った。待ち構えていた同僚に、すぐさま団長室まで連行される。どうやら、先ほどの騒ぎを目撃した団員が、団長に報告したらしい。

広々とした団長室では、壮年の騎士団長と副団長、数名の上官たち、きちんと服を着たダニエルが待っていた。

ハーシェスは、ダニエルに目を留めてふと思う。

彼が先ほどまで情事に耽《ふけ》っていたお嬢さんの年齢はわからないが、相当幼く見えた。もしかしてダニエルには、幼女趣味があるのだろうか。

なんにせよ、婚約者がいながら浮気をするダニエルは変態だ、とハーシェスは結論づけた。

そんなダニエルと同じ部屋の空気を吸ったとしても、変態というものは空気感染する類《たぐい》のものではない。だから大丈夫だ、と自分に言い聞かせながら敬礼し、入室する。

ダニエルが殺意のこもった視線を向けてきたが、ハーシェスはあくまでも上官たちに視線を固定した。

……やはり変態は感染するのではないか、などと思ったからではない。上官を前にした部下として、当然の礼儀である。

騎士団長は、なんとも言いがたい顔をしてため息をついた。

「……ハーシェス。ティレル侯爵のご令嬢は、どんなご様子だった？」

ハーシェスは眉を寄せた。

「団長。彼女は婚約者と友人の裏切りを、最悪の形で目《ま》の当たりにしたのですよ？　それは大変傷つかれたご様子でした」

そうか、とうなずいた騎士団長は、生温かい視線をダニエルに向ける。

「だ、そうだ。おまえもなぁ、連れ込むなら、せめて婚約者の交遊関係は避けて連れ込め。いくら自分で選んだ相手じゃないとはいえ、最低限の礼儀ってモンがあるだろう」

騎士団長の言葉に、ダニエルは顔を歪《ゆが》めて反論した。

「自分が連れ込んだわけではありません！　彼女が突然、訪ねてきたのです！」

（わーお）

ハーシェスは目を丸くした。往生際《おうじょうぎわ》が悪いにもほどがある。

騎士団長は、疲れきった様子でがりがりと頭を掻《か》いた。

「……あのな、ダニエル。この状況で、俺がおまえに言えることは二つだ。一つ、ティレル侯爵家に誠心誠意頭を下げて謝罪してこい。二つ、エプスタイン男爵家にジャネット嬢への求婚の許可をもらってこい。未婚の令嬢に手ぇ出しといて知らぬ存ぜぬなんてこと、俺は絶対に認めねぇからな」

じろりと上官に睨《にら》みつけられて、ダニエルは怯《ひる》んだようだった。

やがてダニエルはぐっと拳《こぶし》を握りしめると、押し殺した声で口を開く。

「自分の婚約者は、リュシーナです。――ジャネット嬢と、その……少々遊んだのは確かですが、自分は彼女の純潔を奪ったわけではありません」

(は?)

あの状況を見られていながら、よくそんなことを言えたものだ。

ハーシェスはますます目を丸くしたが、騎士団長は軽く片眉を上げただけだった。

「あー……ツッコんではねぇってことか?」

「はい」

(……いや、いくら最後までヤってなくたって、あそこまでにゃんにゃんしてたら、フツーに浮気認定間違いなしだからな?)

ハーシェスは、心の底からそう言ってやりたかった。

一方のダニエルだが、『最後までヤっていない』というのは、己を正当化する充分な理由になっているようだ。

そういえば貴族社会では、既婚者同士なら多少の火遊びは見て見ぬフリが基本マナーだったはず。

それなのに、未婚の女性は男とふたりでいるところを目撃されただけで『純潔を汚された恐れアリッ』と周囲に見られ、問答無用《もんどうむよう》でその相手と結婚しなければならないという。平民出身のハーシェスにとっては、不思議なルールだ。

ハーシェスがそんなことを考えて顔をしかめている間、ダニエルは誠実な青年そのものといった様子で、上官に何ごとかを訴えている。もしかしたら、彼には役者の素質があるのかもしれない。変態のくせに。

ハーシェスは、ダニエルの言葉に耳を傾《かたむ》けた。

「このような醜聞《しゅうぶん》を騒ぎ立てたところで、リュシーナとジャネット嬢が傷つくだけです。もちろん、ティレル侯爵家にはのちほど誠心誠意詫《わ》びてまいります。ジャネット嬢は他言無用を約束してくれましたし、リュシーナも少し落ち着けば、きっと理解してくれるはず。どうかこのたびの一件は、内々におさめていただくわけにはまいりませんでしょうか」

残念ながら、それは希望的観測がすぎるというものだ。

ダニエルの浮気相手がまっとうな神経を持っていれば、こんな醜聞《しゅうぶん》を自ら口にしたりはしないだろう。

だがダニエルとの未来を切り捨て、ハーシェスを選んでくれたリュシーナは――というより、ダニエルを叩き潰したくてうずうずしているヘレンは、今頃侯爵家で使用人仲間たちにこの事態をしゃべりまくっているはずだ。

貴族の屋敷に仕える使用人は、そういった醜聞《しゅうぶん》や噂話が大好物である。明日の今頃、貴族女性の間ではこの話題でもちきりになっているだろう。

しかし、そんなことなど知らない騎士団長たちは、ダニエルに『女性の名誉』という最終兵器を持ち出され、どうしようもないと判断したらしい。

ダニエルに厳重注意をしていくつかのペナルティを科すと、ハーシェスにも他言無用を命じてきた。

ハーシェスは、素知らぬ顔で首を傾《かし》げる。

「はぁ。ご命令とあればそのようにいたしますが……。侯爵令嬢は大変お気の毒なことに、泣きながら修道院に入るとおっしゃっていました。それほど、ダニエルとの婚儀が嫌になってしまわれたのでしょう。団長？　もし団長のお嬢さんの婚約者が、お嬢さんのご友人と浮気したなら、そのまま結婚をお許しになられ――」

「ぜぇえええぇえっったいに、許さあぁぁあああーんっっ!!」

期待通りの反応が、期待以上の勢いで返ってきた。その剣幕《けんまく》にダニエルはもちろん、周囲の面々も盛大に顔を引きつらせている。

騎士団長に、可愛らしい盛りの娘がいてよかった。

ハーシェスは小さく息を吐き、言葉を続けた。

「あれほどお若く美しい侯爵令嬢が、おいたわしいことです。……団長。ティレル侯爵令嬢は、本当に素晴らしいレディです。あの方には、なんの咎《とが》もございません。なのになぜ、彼女が修道院になど入らねばならないのでしょう？」

できるだけ低く抑えた声で言うと、上官たちの目が揺らいだ。ハーシェスは、静かに首を振る。

「……いえ、出過ぎたことを言いました。申し訳ありません。ただ――」

そこで言葉を切り、皮肉げに唇の端を上げた。

「婚約者に捨てられた女性の名誉を傷つけるような貴族がいたら——自分は今後、そういった方々とのおつきあいを一切控えさせていただこうと思います」

ハーシェスの言う「自分」とは、すなわち「ラン商会の跡取り」という意味である。

貴族の中には商人から借金をしている者も多い。この場にいる者たちも、身内をたどっていけば、誰かしらが金を借り入れているだろう。

ハーシェスの宣言は、彼らにとって他人事《ひとごと》ではない。

彼らの顔が微妙に引きつったのを見届け、ハーシェスは上官たちに一礼して退室した。

(騎士団上層部のほうは、これでよし、と。次は——)

侯爵令嬢のリュシーナが平民の自分に嫁《とつ》げば、ヘレンの言葉通り、心ない人たちから悪意を向けられることだってあるだろう。

だが『平民風情《ハーシェス》』が、それを甘んじて受け入れるばかりだと思わないでほしい。

ハーシェスは、翌日から一週間の有給休暇を申請してラン家に戻った。

リュシーナとのことや今後の計画について父に話を通しておかなければならなかったし、いろいろと調べたいこともあったからだ。

◆　◇　◆

——なぁ、シェス。おまえちょっと、騎士の資格を取って貴族のお嬢さんを嫁にしてみないか?

父のルーカスがのほほんとした口調でそう言ったのは、九年前。ハーシェスが十四歳のときであった。

祖父がはじめた貿易業をその手腕で何倍にも拡大させた、立志伝中《りっしでんちゅう》の人ルーカス。彼は、一見そんな切れ者にはまるで見えない、おっとりした雰囲気の持ち主である。

しかしハーシェスは、幼い頃からルーカスの仕事ぶりを間近で眺めてきた。裏表などまるでなさそうに見えるその笑顔こそ、父の最も厄介な武器だと知っている。

ルーカスは、息子を連れてさまざまな異国を回った。そのたびに、ハーシェスは各国の言語を叩きこまれ、異国の地でトラブルにも見舞われた。

また、成功者の常としてたびたび命を狙われる父の巻き添えを食らい、死にかけたことも一度や二度ではない。

このままでは、冗談抜きにいずれ命を落とすかもしれない——ハーシェスは危機感を覚え、異国を回る際、護衛役の傭兵《ようへい》たちから基礎的な武術を学んできた。

こうしてルーカスに逞《たくま》しく育てられたハーシェスは、十四歳となったある日、騎士の資格を取れと言われたのだ。

「なぁ、シェス。おまえちょっと、騎士の資格を取って貴族のお嬢さんを嫁にしてみないか？」

父は、母の作ったチーズオムレツと同じくらい温かそうな笑みを浮かべている。しかし、その笑顔こそ油断ならない。

ハーシェスは、ルーカスの言葉の意味を十九秒ほど考える。

しかし残念ながら、父の意図するところはわからなかった。

この国が周辺諸国との戦を忘れて、そろそろ二十年が経とうとしている。

現在、騎士の称号を持つ者たちの主な仕事は、国内の治安維持、国境近辺に出没する山賊《さんぞく》退治、国賓《こくひん》たちが集《つど》う場の警護業務だ。

その任務に名誉もへったくれもなくなって久しいとはいえ、騎士団とは王家への忠誠を誓う戦闘集団。団員の質が下がったとなると、あっという間に周囲から舐《な》められて、エライことになりかねない。

そのため優秀な人材を広く集めるべく、今では貴族の子息に限らず、平民出でも騎士になれるようになった。国の予算で運営されている『騎士養成学院』を卒業すればいいのだ。

だが、騎士を目指す平民はさほど多くない。

まず学院への入学金は、平民にとって決して安いものではない。その上、修業科目には詩歌音曲《しいかおんぎょく》、ダンスや絵画なども含まれ、芸術的素養も求められる。すなわち、門戸は開いたものの、騎士団にはいまだ貴族然とした体質が根づいている。

学院を卒業して騎士の資格を取れば、箔《はく》もついて職に困らない。とはいえ、平民を見下すことの多い貴族の子弟たちの中に飛びこんでいく物好きなど、そういないだろう。

ハーシェスだって、そんな苦労はごめんだった。

そもそも、自分はずっと父の跡を継ぐために育てられてきたはず。今さら『騎士になれ』とはどういうことなのか。

首を傾《かし》げたハーシェスに、ルーカスはのほほんと笑って口を開いた。

「まぁ、貴族の嫁さんってのは、さすがに難しいかもしれんがな。しかし、うちの商売はこれからもっとでかくなる。大物相手に商売するときには、ハッタリってもんが必要だ。貴族連中の洗練された立ち居振る舞いや身のこなしってのは、有効な武器になる。おまえだって、わかっているだろう？」

ハーシェスはようやく、父の意図するところを理解した。考え考え、口を開く。

「……つまり、あれか？　騎士養成学院に入って、仕事でハッタリが利くだけのモンを身につけてこいと。ついでに貴族のお嬢さまを嫁にできれば、上流階級とのパイプもできて、将来いろいろとお役立ちってことか？」

ルーカスはあっさりとうなずいた。

「ああ、そうだ。それに、大勢の客を招いて商談も兼ねたパーティーを開くとき、場を仕切ってくれる女主人がいるに越したことはない」

「あー……。まぁ、そうだよな」

ハーシェスは父に連れられ、外国のパーティーに何度か参加したことがある。そのときの様子を思い出し、ため息をついた。

「そりゃあ、あんなバカでかい規模のパーティーを仕切るなら、それなりの教育を受けた貴族のお嬢さまじゃなきゃ無理だろうけどさ。うちがいくら荒稼ぎしてるったって、しょせんはしがない平民だぞ？　きっちり教育を受けた気位《きぐらい》の高いお嬢さまが、嫁《とつ》いできてくれるわけないだろ？」

「やってみなけりゃ、わからんぞ？　そのかーさんにそっくりの可愛いツラがあれば、お嬢さまのひとりやふたりは――」

ハーシェスの顔立ちは、巷《ちまた》で美女と名高い母親譲りだ。十四を過ぎて少しずつ逞《たくま》しくなってきたとはいえ、自分の男らしいとは言いがたい容貌《ようぼう》に、密かにコンプレックスを抱いていた。

一度、この無神経な父のことをきゅっとシメてやりたい。

父自身は街で一目惚れした女性を口説《くど》き倒して――というより拝み倒して嫁にしたくせに、子どもにはロマンのかけらもない結婚をさせようとは、ひどい話だ。

ぎろりとルーカスを睨《にら》めば、父は食えない表情で言葉を続ける。

「――というのは、冗談としてもだ」

ハーシェスの気も知らず、どこまでも我が道を行くルーカスは、あっさりと息子の人生を決定した。

「金さえ払えば、貴族連中にバカにされずに済むだけのモンを身につけられる機会が、目の前に転がっているんだ。いずれ俺の跡を継ぐ気があるんだったら、黙って五年くらい貴族のボンボンたちにいじめられてこい」

「ほんっとに身も蓋《ふた》もないよな！」

これが商売人を父に持った子の宿命なのか、はたまたルーカスの子として生まれた者の宿命なのか――ハーシェスは、ちょっぴり遠いどこかに旅立ちたくなった。

こうして騎士に対する憧れなど皆無の状態で学院に入学することになったハーシェスだが、そこは想像していたよりもはるかに気楽というか、気の抜ける場所だった。

入学前にいろいろと恐ろしげな噂ばかり聞いていたため、平民出身の者は、貴族のお坊ちゃまたちのイジメに耐えることが第一のミッションだとばかり思っていたのだ。

しかしよく考えてみれば、このご時世に貴族というだけでふんぞり返っていられるはずもない。

人々は戦を忘れて久しく、平和が世の常となった。徐々《じょじょ》に商工業が発達し、仕事を求めて都市に出てくる者も増えはじめている。

人々の暮らしの変化にともない、貴族たちも領地の経営方法を変えていかねばならない。しかし、中にはその流れについていけない貴族も多かった。

領地経営に行き詰まった貴族たちは、商工業の発達により力を持ちはじめた商家に、資金を借り入れるようになった。事実、ラン家にも、水面下で借金の申し込みが数多く寄せられている。

そんな貴族たちに比べれば、裕福な貿易商の長男であるハーシェスのほうが、よほど恵まれた生活をしているだろう。

学院に通う貴族のお坊ちゃんたちの中には、生家が困窮《こんきゅう》している者も少なくなかった。

どれほど貧乏でも貴族の誇りを失わず、平民と馴《な》れ合おうとしない者はもちろんいたが、ハーシエスと親しくしてくれる者も多かった。「騎士になれなかったら、おまえんとこに雇ってもらいにいくかもしんねーわ。そんときはよろしくなー」と、堂々と言ってくる者までいたくらいだ。

思いのほか気楽な学院生活を送ることになったハーシェスは、その後、無事に騎士の位《くらい》を取って卒業した。卒業後の四年間は、騎士団勤務が義務づけられている。今は騎士として国に仕えるかたわら、実家の仕事もいくつか引き受けていた。

いずれ父ルーカスの跡を継ぐときの武器が順調に磨《みが》かれていく一方、貴族のお嬢さんとの出会いなど一向にないハーシェスだったのだが――

このたび騎士団の宿舎で運命的な出会いを果たし、すぐさま結婚を申し込んだのだから、人生というのはわからない。

騎士団に休暇を申請して実家に戻ったハーシェスは、リュシーナとの話を父ルーカスに聞かせた。最初はにやにやと嬉しそうに笑っていたルーカスだが、途中から無言になり、「邪魔をする貴族への資金援助を打ち切ることも考えている」と話したところで、若干《じゃっかん》顔を引きつらせてこう言った。

「……まぁ……なんだ。ほどほどに、な？」

ハーシェスは真顔で「親父《おやじ》。年を取ったか？」と返す。ルーカスが、ものすごくショックを受けた表情を浮かべる。ハーシェスは生まれてはじめて、ルーカスに勝った、と思った。

◆　◇　◆

一週間の休暇の間にやるべきことをすべてやって、ハーシェスは騎士団に戻った。

仲間たちのたまり場になっている食堂の一角に顔を出すと、ラルフがひらひらと手を振る。

「よう、未来の大商人。お望みのモン、用意してやったぜ？」

「そうか。恩に着る」

ハーシェスは、笑ってラルフの向かいの席に腰を下ろす。

ラルフ・ヴィンセントは、騎士養成学院でともに学んだ学友だ。

公爵家の次男であるラルフは、「あのまま屋敷にいたら、兄貴に暗殺されそうだった」からという理由で学院に入学した。

なんでもヴィンセント公爵家の当主は、代々、黒絹のように艶《つや》やかな髪と鮮《あざ》やかな緑の瞳を持っているのだという。それらの特徴を見事に受け継いだラルフだったが、彼の兄はまったく受け継がなかったらしい。兄は次第に様子がおかしくなり、年の離れた弟の命を狙うほど性格が歪《ゆが》んでしまっていると聞く。

そんな残念な兄を持ったため――というわけではないだろうが、ラルフはかなりの変わり者だった。

学院時代、剣術や格闘技をはじめとする戦闘科目に関しては、常に及第点ぎりぎりという成績ばかり。ダンスも苦手、詩歌音曲《しいかおんぎょく》の類《たぐい》にもまるで興味を示さず、試験のたびに綱渡りのような成績を取っていた。

「将来食いっぱぐれる心配のない騎士になって、料理上手な可愛い嫁さんもらって、一生公爵家とは無縁の穏やかーな人生を送るのが夢なのです」

そう言ってへらへら笑うラルフは、およそ公爵家の子息には見えなかった。

そんな彼には、ある才能があった。それは、絵の才能である。

ある日、美術系の授業で彼が描いた絵は、見る者の心臓を一瞬で鷲掴《わしづか》みにするほどのものだった。

父の仕事の関係で数多くの名画に触れてきたハーシェスだが、ラルフの絵を見た瞬間に彼は天才だと確信したのだ。

これほど絵の資質を持ちながら騎士を目指すなんて、才能の無駄遣《むだづか》いとしか思えない。

美しいものは、問答無用《もんどうむよう》で人の心を動かす。

そして、人の心が動けば、金が動く。

商売人の血と勘が騒ぎ出したハーシェスは、「絵は趣味でしかない」というラルフに申し出た。

「趣味でもなんでも、今後おまえが描いた絵は全部うちで引き取らせてください、お願いします」

頭を下げて頼みこむと、ラルフは少し驚いた顔をした。しかし、最後にはいつものへらへら笑いとは違う、どこか照れたような笑みを浮かべて応じてくれたのだ。

ラルフとハーシェスの仲は、騎士団に入団した後も続いている。

友人との出会いを思い出していたハーシェスは、目の前に座る彼をまじまじと見つめる。

およそ騎士には向いていなさそうな細身の優男《やさおとこ》は、テーブルに白い封筒を置き、優美な仕草で腕を組んだ。

ハーシェスは、封筒の中身を確認する。そこには、ヴィンセント公爵家主催のパーティーの招待状が入っていた。

――ラルフは残念な兄に命を狙われ続け、公爵家との関わりを断ちたがっている。そんな彼に、パーティーの招待状を手配してくれないか、と身勝手な頼みごとをしてしまった。

ハーシェスは心苦しくなり、小さく息を吐いた。

しかしラルフは、ひどく楽しげな表情で問いかけてくる。

「何か面白いこと、するんだろ？」

「……なぜ、そう思う？」

問い返すと、彼はいっそう楽しそうに肩を揺らした。それからさっと周囲に視線を走らせ、声をひそめて続ける。

「おまえが今、あの卒業パーティーのときと同じ顔をしているからだ。おまえを目の敵《かたき》にしていた貴族至上主義教官の、恥ずかしいポエム手帳を朗読したときとな」

ハーシェスが何も言わずにいると、ラルフは諦めたように肩をすくめ、話を変えた。

「そういえば、シェス。ダンの話はもう聞いたか？」

シェスはハーシェスの、ダンはダニエルの愛称である。

ハーシェスは、わざと首を傾《かし》げて尋ねた。

「いや、聞いてない。何かあったのか？」

「宿舎に、エプスタイン男爵令嬢を連れ込んだらしい。しかもそれを、婚約者のティレル侯爵令嬢に目撃されたんだとか。実際のところは知らないが、そんな噂が面白いくらい広がってる。さすがに外聞《がいぶん》が悪すぎるってんで、やっこさん、今は実家に帰って自主謹慎中だ。それに昨日、エプスタイン男爵が伯爵家に押しかけて、令嬢とダンとの結婚を迫ったとか」

（へえ。さすがだな）

どうやらヘレンは、こちらの期待以上に、うまく噂を広めてくれているようだ。

いくら騎士団内で箝口令《かんこうれい》を敷こうとも、女性の口から流れた時点で、噂話というのはあっという間に広がっていくものである。

ラルフは、ダニエルの浮気現場にハーシェスが居合わせたことを知らない。もちろん、ハーシェスがリュシーナに婚姻を申し込んだことも。

（さてと。問題は、ここからティレル侯爵家がどう出るかだが……）


——それから五日後、ティレル侯爵は、リュシーナとダニエルの婚約破棄をトゥエン伯爵に申し入れた。

その後ちらほらと聞こえてきた噂話の中には、ダニエルとジャネットが以前から密かに愛を育《はぐく》んでいた、などというものがあった。

あのときの彼らの様子を見知っているハーシェスにしてみれば、苦笑するしかない。しかし、そうやって根も葉もない噂が真実を覆《おお》い隠していくのだろう。

（ここまでは、大体予想の範囲内——か）

次は、自分の番だ。

侯爵側から婚約破棄を申し入れたとはいえ、その後ダニエルがジャネットと婚約すれば、リュシーナは周囲から『ダニエルに捨てられた女性』として見られるだろう。心ない噂が流れる可能性も高い。

リュシーナの名誉を守るため、ハーシェスはヘレンとともに、ある計画を企《くわだ》てていた。そのために、ラルフからヴィンセント公爵家主催のパーティーの招待状を入手したのだ。

招待状を手配してくれないかと頼んだハーシェスに、ラルフは事情を尋ねてきた。しかしハーシェスが言葉を濁《にご》すと、それ以上追及することなく、望みを聞いてくれた。彼には感謝してもしきれない。

今、すべては予定通りに進んでいる。

しかし、ハーシェスはどうにも落ち着かなかった。

自室でひとりになるたびに沈思《ちんし》して、ため息ばかりをついてしまう。

これは、あまりにも単純明快すぎる理由からだった。

——リュシーナに、会いたい。彼女の声を聞きたい。笑っている顔が見たい。彼女の瞳に、ほんの少しでいいから自分の姿を映したい。

あの日、はじめてリュシーナと目が合った瞬間、ハーシェスは全身がびりびりと震えるような衝撃《しょうげき》を受けた。息が詰まり、彼女の優美な仕草のひとつひとつが、スローモーションのように目に焼きついた。しかし、彼女はダニエルの婚約者。ハーシェスはそう自分に言い聞かせ、目眩《めまい》すら覚えるその感情をなんとか押さえつけたのだった。

あのとき覚えた熱は、今もハーシェスの胸を焦がし続けている。

リュシーナが、欲しい。彼女に自分の名を呼んでもらいたい。

そんな願いが胸のうちにぐるぐる渦を巻いて、どうしようもなく気持ちが揺らぐ。

ラン家が経営している店のひとつを通じて、ハーシェスはヘレンとこまめに手紙のやりとりをしている。ヘレンの手紙には、リュシーナの様子や置かれている状況についてもつづられていた。

とはいえ、間接的にしか彼女について知ることができないのは辛すぎる。

なんとかしてリュシーナと会う機会を作ろうか——何度もそう思ったハーシェスだったが、ここで迂闊《うかつ》なことをしては、すべて水泡に帰してしまいかねない。

最後の仕上げに入るまで、何があろうと愚《おろ》かな真似をするわけにはいかないのだ。


夜風に夏の香りがまざりはじめた、ある晩——

ハーシェスはヴィンセント公爵家主催のパーティーに参加するべく、ラルフとともに豪奢《ごうしゃ》な馬車に揺られていた。

「なぁ、シエス。いい加減、何をするつもりなのか話してくれてもいいんじゃねぇか？」

ラルフは常々、「実家の公爵家と極力距離を置きたい」と公言している。

しかし彼は、パーティーの招待状を用意してくれたばかりでなく、直前になって自ら同行を申し出てくれた。

ラルフには最大限の感謝を捧げなければならないが、今の問いに答えるわけにはいかない。ハーシェスは困って眉を下げた。

「まだ、不確定要素が多すぎてな。おまえに楽しんでもらえるかどうか、自信がないんだ」

ラルフは、ふうん、と笑いながら首を傾《かし》げる。

「ま、いいけどな。せいぜい楽しい見世物になることを期待するさ。——その代わり、借りは返せよ?」

「ああ、もちろんだ。兄貴を公爵家から追い出す決心がついたら、いつでも言え。何があろうと、オレが全力でフォローしてやる」

そう答えると、ラルフは一拍置いて、鮮《あざ》やかな緑の目をすぅっと細くする。

「……ずいぶん大きく出たな」

「頭のおかしい兄貴に殺されたくないから、なんていうふざけた理由で、大事なツレが阿呆《あほう》のふりしてへらへら笑ってる。それを黙って見ていられるほど、オレは恥知《はじし》らずじゃないんでね」

これだけ近くで見ていればわかる。兄に狙われにくいようにということなのか、おそらくラルフは変わり者を装《よそお》っている。

ラルフは少しの間黙り込んだあと、小さく唇を歪《ゆが》めた。

「ばーか。そんなのはな、貴族の家に生まれちまった次男や三男にとっちゃ、珍しいもんでもなんでもねぇんだよ」

「そうらしいな。だが今回、おまえは何も聞かずにオレに手を貸してくれた。ラルフ——この借りは、必ず返す」

「……そりゃ、どうも」

窓の外にふいと視線を向けたラルフの耳は、わずかに赤くなっていた。

ラルフの兄であるヴィンセント公爵家の長男は、常日頃から本邸の奥深くにある自室に引きこもってばかりで、奇妙な振る舞いも多いと聞く。

今夜のパーティーにも、彼は出席していないらしい。

やがて馬車は公爵家にたどりつき、ハーシェスはラルフと連れ立って会場の入り口に向かった。

公爵家の使用人たちは、ラルフの姿を認めて嬉しそうな顔になる。

彼は公爵家と距離を置きたがっているが、使用人たちに大変好かれているようだ。

「愛されてるなー、次男坊?」

「うるせえ、平民」

軽口を叩きつつ、煌《きら》びやかな照明と豪奢《ごうしゃ》極まりない装飾品に彩《いろど》られた会場に入る。

こういった場での振る舞い方は、学院時代に学んだ。

一方のラルフも、このようなパーティーに顔を出すのは久しぶりだと言っていたが、さすが公爵家の子息なだけあり堂々としたものだ。

珍しく華やかな場に姿を現した公爵家の次男坊は、周囲から驚くほど注目を浴びた。招待された貴族たちは、入れ替わり立ち替わり、ラルフに挨拶《あいさつ》をしにやってくる。ラルフはにこやかな笑顔を振りまいて、ハーシェスを「大切な友人だ」と紹介してくれた。

中には熱い視線を向けてくる貴族のお嬢さん方もいたが、ラルフが平民だと知ると、「まぁ、そうなんですの」とほほえんで、すぐさま興味をなくした。潔《いさぎよ》くて実にわかりやすい。

その後ハーシェスは、学院時代の友人たちに声をかけられ、昔話や、それぞれが所属している騎士団の情報交換で盛り上がっていたのだが——

会場の入り口に現れた少年の姿を見て、ハーシェスは動揺した。

（リュ、リュシーナさまと、同じ顔……っ）

あの少年こそ、リュシーナさまの弟アルバート・ティレルだろう。リュシーナよりもふたつ年下だと聞いている。

アルバートは、ハーシェスがヘレンとともに企《くわだ》てた計画の協力者でもあった。ヘレンからの手紙には、アルバートがリュシーナとうりふたつだと書かれていたが——ここまで似ているとは思わなかった。

世の中に、こんな美少女ヅラをした男がいていいのだろうか。

ハーシェスは、ヘレンの手紙の内容を思い出す。


アルバートさまは、ご幼少のみぎりから、リュシーナさま以外の方にお心を開いたことがほとんどありません。また周囲の人間を有害か無害か有益かでしか認識できないような、ちょっぴり残念なところのある方でもございます。ですが、リュシーナさまを傷つけたダニエルさまを叩き潰すために、必要とあれば愛想笑いのひとつくらいはしていただけるかと存じます。

ただ、もしハーシェスさまがリュシーナさまには相応《ふさわ》しくない、とアルバートさまが判断されたなら、今後一切ご協力いただけないと思われます。くれぐれもご注意くださいませ。

婚約者の浮気現場を目撃したあと、侯爵家に戻ったリュシーナは、弟のアルバートに事の次第をすべて話し、協力を頼んだのだという。そして本日、ハーシェスとともに計画を遂行《すいこう》してくれることになったのだ。

リュシーナの名誉を守るためには、ダニエルとジャネットが浮気していた日の真相を広める必要がある。そこに、浮気現場を目撃した第三者《ハーシェス》の話が加われば信憑性《しんぴょうせい》も高くなる。

その際には、貴族たちの社交の場を利用するのが手っ取り早いだろう。ちょうど今は夏の社交シーズンがはじまったところで、多くのパーティーが開かれている。

とはいえ、ハーシェスがパーティーに参加し、突然その話をしだすのも不自然である。そもそも騎士団の上官から他言無用を言い渡されているため、件《くだん》の事情についてはほとんど語れない。そこで、アルバートの出番だ。

アルバートはティレル侯爵家の跡継ぎとして、社交の場にもそれなりに顔を出しているのだという。また十五歳を過ぎて、夜会にもひとりで参加できるようになった。

ハーシェスがたまたま参加したパーティーで、アルバートと出会ってもおかしくない。そうなれば、自然と姉リュシーナの話にもなるだろう。そこからは、アルバートに頼るところが大きくなる。

この計画のため、ヘレンは、ティレル侯爵家に届いたパーティー招待状の差出人をまとめてくれた。その中から、ハーシェスでも参加できるものを探さなければならない。そして幸いなことに、ヴィンセント公爵家の名前を見つけたわけだ。

招待状を手に入れ、ハーシェスは今、そのパーティーに参加している。

——ここまでは計画通り。

ハーシェスは、会場に現れたアルバートをまじまじと見つめる。

やがて周囲の人々もアルバートの存在に気づき、ざわりとどよめいた。

(うーん……さすがは『絶対氷壁の貴公子』。注目度はもしかしたら、ラルフ以上か)

ティレル侯爵家の跡取りであるアルバートは、その美しい容姿も相まって、社交の場に出れば多くの者に声をかけられるという。しかし、絶対零度の視線を向けられ、すごすごと引き下がる者が続出しているのだとか。

社交の場に顔は出すが、人との交流が苦手らしい。

ヘレン曰《いわ》く、「いかにリュシーナさまからのお願いとはいえ、アルバートさまが初対面の相手との会話をお約束してくださったのは、まさに奇跡と言ってよろしいかと存じます」とのことだった。

他人事《ひとごと》ながら、その社会不適合っぷりが少々心配だ。

アルバートを見つめていたハーシェスは、彼の凍《い》てつく瞳に、ぶるりと背筋を震わせた。

『アレはリュシーナさまの可愛い弟、アレはリュシーナさまの可愛い弟』と、心の中で何度も自分に言い聞かせる。

その結果、ちょっと可愛いような気がしてきた。

自己暗示に成功したハーシェスは、『可愛いリュシーナの、可愛い弟』に、営業スマイルとは違う柔らかな笑みを浮かべて近づいた。

それに気づいたアルバートは、すさまじく冷たい表情をハーシェスに向ける。

ハーシェスは、愛《いと》しい女性と同じ顔をした少年に、お願いですからそんな冷えきった目で自分を見ないでいただけませんか、と懇願《こんがん》したくなった。しかし、ぐっとこらえて挨拶《あいさつ》をする。

「お初にお目にかかります。私は、ハーシェス・ランと申します。アルバート・ティレルさまでいらっしゃいますね？　姉君にとてもよく似ていらっしゃるので、すぐにわかりました」

少年はハーシェスをじっと見上げてから、抑揚《よくよう》に乏《とぼ》しい声で静かに答える。

「……あなたが、ハーシェス殿ですか。姉が大変お世話になったそうで、心からお礼申し上げます」

その瞬間、周囲の人々が目を丸くし、ざわざわとどよめきはじめた。

『しゃべった!?』という衝撃の波が走ったらしい。事実、「はじめて声を聞いた」「しゃべれたのか」などという小さな声が漏《も》れ聞こえる。

（……なんというか、まるで珍獣《ちんじゅう》扱いだな）

ハーシェスは、なんだか切なくなった。

人との交流が苦手なアルバートにも問題があるとはいえ、周囲にこんな扱いをされたら、ますます自分の殻《から》に閉じこもりたくなりそうだ。

そんなことを考えていたハーシェスは――

「アルバートさまは、異国の変わった動物をご覧になったことはありますか？」

思わず、珍獣《ちんじゅう》の話題を振ってしまった。

アルバートは、案の定、訝《いぶか》しげに眉を寄せている。

とはいえ、口に出してしまったものは仕方ない。ハーシェスは、かつて父とともに訪れた異国で目にした、数々の珍獣《ちんじゅう》について話した。

最初はなんの反応も示さなかったアルバートだが、少しずつ瞳に興味の色が滲《にじ》んでくる。

それを見て、ハーシェスはさらに続けた。

「――東の国では、高貴な方々しか美しい羽を持つ鳥を飼えないのだそうです。彼らが飼う鳥たちは、確かに驚くほど鮮《あざ》やかな色をしていて、不思議な姿をしたものもおりました。西の国で出会ったのは、鋭《するど》い牙《きば》を持つ肉食獣を飼い慣らし、使役している人々です。彼らはそういった獣《けもの》たちを、狩りや戦に役立てているようでした」

「ハーシェス殿は、その狩りをご覧になったことがあるのですか？」

アルバートの素朴な疑問に、ハーシェスは笑って首を振った。

「いいえ、残念ながら。狩りに無知な人間がついていっても、彼らの邪魔になるばかりですし」

そういうものですか、とうなずいた彼の表情は、先ほどよりだいぶ和《やわ》らいできている。

ハーシェスは口調を改め、話を切り出した。

「ところで、アルバートさま。姉君はどのようにお過ごしでしょうか」

その途端、周囲から『なんということを尋ねるんだ』という非難の視線がハーシェスに向けられた。鋭《するど》い視線を感じながらも、ハーシェスは言葉を続ける。

「あのようなことがあって、一体どれほどお気持ちを落とされたかと、ずっと気にかかっていたのです」

アルバートは目を瞬《またた》かせると、再び感情の見えない表情を浮かべて口を開いた。

「今は、だいぶ落ち着いているようです。あなたが姉に贈ってくださったお見舞いの品や、心のこもった手紙のおかげでしょう。姉もあなたに取り乱したところをお見せした上、よけいなご心配までおかけしたことを、大変申し訳ないと言っておりました」

「そんなことは……ですが、姉君が少しでもお元気になられたようで、安心いたしました」

ハーシェスはアルバートと話していて、ふと気づいた。この少年の冷えきった無表情は、自分の本心を覆《おお》い隠すための仮面なのではないか。うまく言葉にはできないが、ハーシェス自身が商人モードのときに浮かべる営業スマイルに似ていると感じたのだ。

そんなことを考えていると、ラルフがこちらに歩いてきた。彼はアルバートに、にこりと笑いかける。

「我が家の夜会へようこそ、アルバート殿。私の悪友とずいぶん楽しそうにお話ししていらっしゃいましたね。一体、どこで彼と知り合われたのですか?」

ラルフは、アルバートと面識があったようだ。おそらく好奇心が抑えられず、声をかけてきたのだろう。

アルバートは、優美な仕草で礼を取った。

「こんばんは。お久しぶりです、ラルフさま。ハーシェス殿とお会いするのは、今夜がはじめてです。ただ以前、私の姉が大変お世話になったものですから、お名前は存じておりました」

「姉君が?」

若干《じゃっかん》わざとらしいラルフの反応に、少年は相変わらずの無表情でうなずく。

「はい。先日、姉はダニエル・トゥエン殿との婚約を破棄いたしまして――それというのも、ダニエル殿がジャネット・エプスタイン嬢と密会している場に居合わせてしまったのです。二人は、まったく破廉恥《はれんち》なことに、昼間から淫《みだ》らがましい行為に耽《ふけ》っていたと聞きました。そのとき、偶然そばにいて助けてくださったのがハーシェス殿だったのです」

次の瞬間、周囲が静まり返る。

ハーシェスがさりげなく確認すると、多くの人々がこちらの会話に聞き耳を立てているように見えた。

アルバートの言葉に、ラルフはいかにも驚いた顔をしてハーシェスを見る。

「そうだったのか、シェス？」

「まぁ……な」

言葉を濁《にご》せば、ラルフは軽く片手を上げて詫《わ》びた。

「いや、すまない。レディの不名誉など、軽々しく話題にしていいものではないな」

アルバートは冷ややかな声でラルフに反論する。

「お言葉ですが、ラルフさま。我が姉は何ひとつとして、己の名誉に恥じるようなことなどしておりません。姉が婚約者と友人に裏切られたのは、確かに不幸でした。しかし、あんな下劣《げれつ》な男のもとへ姉が嫁《とつ》がずに済んだことを、私は心から喜んでおります」

感情的なアルバートの言葉を聞き、ラルフは小さく苦笑した。

「まったく、その通りですね。しかし……友人？　エプスタイン嬢は、姉君の友人だったのですか？」

「はい。彼女は姉の通うフィニッシング・スクールのクラスメイトで、我が家にもときどき遊びにきておりました」

ハーシェスは、そこで静かに口を開く。

「姉君は婚約者だけでなく、友人にも裏切られてしまわれたのですね。お気の毒なことです。――それにしても、彼女は本当に姉君と同い年だったのですか」

「……どういう意味ですか？　ハーシェス殿」

訝《いぶか》しげに見上げてきたアルバートに、ハーシェスは焦った素振りで答えた。

「申し訳ありません、よけいなことを言いました。ただ、その――私は、てっきり彼女が十二、三歳の子どもだとばかり思っていたもので……。お姉さまのクラスメイトだったとおうかがいしても、にわかには信じられなかったのです」

アルバートがコバルトブルーの目をわずかに瞠《みは》る。そして何度か目を瞬《またた》かせ、思わずというふうに言葉を零《こぼ》した。

「あぁ……そう、ですね。確かに彼女は、私より年上にはとても……」

ハーシェスは、もっともらしくうなずいた。

「ええ、私も大変驚かされました。女性の年齢というのは、本当に見た目ではわからないものなのですね」

少しの間、その場が微妙な沈黙に包まれる。

やがてラルフが、ゆっくりと口を開いた。

「……シェス。そんな年の子どもに手を出したら、いくらなんでも犯罪だ」

「ああ、そうだな。確かにその通りなんだが――」

「……残念ながら、エプスタイン嬢の姿を見たことはないんだが……。そんなにその、お若く見える方なのか？」

ラルフの問いに、ハーシェスは即座にうなずいた。

「オレの妹と似たような年頃に見えたな」

「おまえの妹って、いくつなんだ？」

「今年、十三歳になる。――いや、今の話は忘れてくれ。エプスタイン嬢に対して、無礼極まりない。この場でこんな話をするなんて、軽率だった」

ハーシェスは真面目な声でそう言い、アルバートに向き直る。

「アルバートさま。姉君は、本当にお美しい方です。このたびのことでさぞ落ちこまれているかと思いますが、姉君にはなんの落ち度もありません。どうかもう修道院に入るなどとはおっしゃらず、アルバートさまやご家族、何よりご自身のお気持ちを第一に考えてくださいと、姉君にお伝え願えますか？」

「……はい」

アルバートがうなずいたところで、ラルフがぽつりとつぶやく。

「……なるほど。そういうことだったのか」

どうやら、こちらの狙いを察してくれたらしい。

「アルバート殿。今の話を聞いて確信しました。ハーシェスが言った通り、姉君にはなんの落ち度もありません。いずれお気持ちが楽になられたら、また我が家の夜会にお越しくださいますようお伝えください」

「……はい。ありがとう、ございます。ラルフさま」

アルバートの声が、わずかに揺れた。

ヴィンセント公爵家の人間から、直々のお言葉である。

ラルフが『リュシーナに落ち度がない』と認めた以上、ヴィンセント家と親しくしたい者たちはそれを否定できない。さらにリュシーナを社交の場に招待したことで、今後、彼女が公《おおやけ》の場に顔を出しやすい空気もできた。

（これで、ほとんど目的はクリア――か。やっぱり、公爵家の鶴《つる》の一声ってのは大したもんだな）

ラルフのおかげで、今夜のパーティーにおける目的を、予定よりもずっと早く達成することができた。

ハーシェスは、アルバートとの会話のあと、ラン家に借金のある貴族たちにさりげなく圧力をかけてまわる気でいた。しかし、ラルフの先ほどの言葉のほうがはるかに効果的だ。

休暇中に実家で作成した『最悪、バッサリ切り捨てても大丈夫な貸付先貴族一覧』を活用せずに済み、父もほっとするだろう。

まったく、ラルフさまさまである。

ラルフが困ったときには、必ず力になろうと心に誓う。

今夜の目的があっという間に達成されて気が抜けたのか、アルバートは多少ぼんやりとしていた。

ハーシェスは、にこりと笑みを向ける。

「よろしかったですね、アルバートさま。姉君も、さぞお喜びになりましょう」

「え？　あ……はい。ありがとうございます」

小さく息を吐いたアルバートは、安堵の表情を浮かべた。彼のまとう空気から、張り詰めた緊張感が消える。

アルバートは、落ち着いた様子で口を開いた。

「ハーシェス殿。私は先ほどの異国のお話に、大変興味を引かれてしまいました。よろしければ、またゆっくりとお話を聞かせていただきたいのですが……。近いうちに我が家にお招きしても、ご迷惑ではないでしょうか？」

これは、アルバートに課せられていた今宵《こよい》最後のミッションである。

すなわち、『できるだけ自然な形で、ハーシェスをティレル侯爵家に招待すること』。

先ほどハーシェスが語った異国の話をその理由に持ってくるあたり、機転がきいている。

おまけにアルバートは、リュシーナと同じ顔に、ほのかな親しみをこめて微笑を浮かべてくれた。

どうやらハーシェスは、彼から合格点をもらうことができたらしい。

思わず、彼の小さな銀色の頭をぐりんぐりんに撫《な》で回したくなった。

（可愛いッ、実に可愛いぞ、未来の義弟《おとうと》よ！）

ハーシェスは心からの笑みを浮かべて答える。

「ええ、もちろんです。その折には、異国の動物たちの絵姿をおさめた本をお持ちいたしましょう」

「本当ですか？　ありがとうございます！」

アルバートの瞳がキラめいた。

……ひょっとして、本当に異国の珍獣《ちんじゅう》シリーズがお気に召したのだろうか。

その後、アルバートと別れたハーシェスは、ラルフとともにしばらく会場に滞在した。

そして騎士団の宿舎へ向かう馬車の中で、ラルフから「その本、オレにも見せろ」と脅迫――もとい、強迫された。

異国のもふもふは、ハーシェスが思っていたよりも需要があるのかもしれない。

第三章　価値観の相違というのは、やっぱりあるのです

ヴィンセント公爵家の夜会から、弟のアルバートが帰宅した。

自室でヘレンと過ごしていたリュシーナは、帰宅した足で部屋にやってきた彼を、温かく迎え入れる。

そしてアルバートの報告がはじまったのだが――いつになく饒舌《じょうぜつ》な弟の様子に、リュシーナは面食らった。

表情豊かに語っているわけではないし、声も弾んでいるとは言えない。

しかし、普段は必要なことを端的に口にするばかりの弟が、ハーシェスと過ごした時間について積極的に語っている。

おまけに、その話の内容が内容である。

一通りアルバートからの報告を聞き終えたリュシーナは、首を傾《かし》げてヘレンを見た。

「ハーシェスさまは、ラルフさまのご友人でいらしたのね。……どうして今まで、教えてくださらなかったのかしら」

『リュシーナの名誉を守る』という目的達成の舞台に、ヴィンセント家の夜会を指定したのはハーシェスだった。学院時代からの友人の伝手《つて》で招待状を手にいれることができたと聞いていたが、ま

さかその友人がラルフ本人であったとは。

ヴィンセント公爵家の次男、ラルフ・ヴィンセントは、この国の貴族社会で人々から注目を浴びている人物のひとりだ。

彼《か》の公爵家は王室に最も近しく、由緒正しい血筋を受け継いでいる。そして地位に相応《ふさわ》しいだけの広大な領地と莫大な財産を有しているのだ。

国王でさえ、その権勢を無視することはできない。

リュシーナは幼い頃、社交の場で何度かラルフと顔を合わせたことがある。一方、跡継ぎの兄とは一度も会ったことがなかった。

貴族社会において、人脈というのは欠いてはならない財産だ。そのため、幼い頃より社交の場に顔を出し、繋がりを深めていく。

しかしヴィンセント公爵家の長男は、驚くほど表舞台に姿を現さない。噂によると、彼はとても人前に出られるような精神状態ではないのだという。いずれ廃嫡《はいちゃく》されるだろうと語る者までいた。

公爵家の嫡男を廃嫡《はいちゃく》するなど、よほどの理由がなければ不可能である。それでもなお、そのような噂は絶えることがなかった。

ヴィンセント公爵家の次男ラルフは生涯騎士として国に仕えると公言し、近年は、ほとんど社交の場に姿を現していない。しかし兄のよくない噂が絶えないため、場合によっては弟が跡を継ぐと推測する者も多かった。

兄弟《きょうだい》のどちらが最終的な後継者となるのか、人々は公爵家の動向に、常に目を光らせていた。

ティレル侯爵家の跡継ぎであるアルバートも、社交界では相応の注目を浴びている。

もとより姉にしか心を開かないところのあるアルバートだが、パーティーなどではさまざま思惑《おもわく》を持って近づいてくる人間も多く、気疲れしているようだ。

……それもあるせいか、アルバートはいまだに友人を屋敷に招待したことがない。姉としては、とっても将来が心配である。

そんなアルバートだが、彼もまた社交の場でラルフと挨拶《あいさつ》したことがあった。そのとき、同病相《どうびょうあい》憐《あわ》れむという感じで、ラルフから労《いたわ》りの言葉をかけられたという。

なんの思惑《おもわく》もなく接してもらえて、嬉しかったのだろう。アルバートの中でラルフへの好感度が高めであることを、リュシーナは知っている。

そんなラルフと『親しい友人』であったため、アルバートのハーシェスに対する警戒心が消えたのかもしれない。

なんにせよ、貴族社会において『ラルフ・ヴィンセントの友人』というカードは非常に有効な武器となる。なぜハーシェスは、今までそれを黙っていたのだろうか。

目を伏せて何かを考えていたヘレンは、珍しくぼそぼそとした口調で、先ほどのリュシーナの問いに答えた。

「理由はいくつか考えられますが……。おそらくハーシェスさまは、ラルフさまのご友人であることの意味を、まるでご存じないのではないでしょうか。貴族階級の者たちから羨望《せんぼう》の目で見られることも、それが非常に強い武器となることも」

「……はい？」

目を丸くしたリュシーナに、ヘレンは淡々と続ける。

「ハーシェスさまは騎士団に所属していらっしゃいますが、もともとは平民の出身。四年間の勤務義務期間を終えたらご実家に戻られるとのことですし、貴族社会の時流について、詳しくないのは仕方ありません。ヴィンセント公爵家の後継者候補であろうと、将来爵位を継承できるかわからない方であろうと、みなさん等しく『貴族の子弟』。そう認識されていたのではないでしょうか」

――ヴィンセント公爵家の後継者候補も、没落寸前の貧乏貴族の子弟も、平民の目から見れば、みんな等しく貴族は貴族。

今まで想像したこともなかった発想に、リュシーナは目を丸くした。

一方、アルバートは思わずといったように零《こぼ》す。

「ハーシェス殿にとって……騎士の位《くらい》は、ご実家の仕事に役立つ道具のひとつにすぎないのでしょうか」

少し掠《かす》れたその声に、リュシーナは小さく息を呑んだ。

アルバートは今、寄宿学校に通っている。そこは貴族の子弟だけでなく、能力を見出された平民の子どもたちも集《つど》う実力主義の学舎だ。

父の選んだその学校で、アルバートはとても優秀な成績をおさめている。

しかし、彼は本来、騎士養成学院への入学を望んでいたのだ。父がそれを受け入れなかったのは、過去に負ったアルバートの怪我が原因だと思われる。日常生活に支障はないが、騎士となるのは難しい――その事実は、アルバートの心に暗い影を落としていた。

ひどく複雑な顔をしているアルバートに、リュシーナは尋ねる。

「アルバート。あなたは今でも、騎士になりたいの？」

一瞬、虚《きょ》を衝《つ》かれたような顔をしたアルバートは、少し考えるように目を伏せたあと、ゆっくり首を振った。

「……いいえ。それは、もう望んでいません。ただ――いつか、ハーシェス殿が教えてくださった異国の不思議なものたちを、自分の目で見てみたい。そのためにも、学舎でもっと多くのことを学びたい。今は、そう思っています」

これまでは自らの望みを口にすることを諦めたように、父の意向に従うばかりだったアルバート。そんな彼の瞳に、くっきりと意思の光が宿っている。

リュシーナはちょっぴり泣きたくなった。

（く……っ。これが、女にはどう足掻《あが》いても入り込む余地がないという、殿方同士の連帯感なのかしら。たった数時間一緒に過ごしただけで、こんなにもこの子の瞳をキラめかせてくださったハーシェスさまに、感謝より先に嫉妬《しっと》してしまいます。自分の心の狭さが悲しすぎるわ……）

リュシーナは、自他ともに認める立派なブラコンであった。

だが、せっかく自ら行動したいと決意した可愛い弟の前で、そんな情けない姿を見せるわけにはいかない。

リュシーナは己のプライドを総動員して心の声を押し隠し、にっこりとほほえんだ。

「素敵ね。あなたなら大丈夫。きっと、どこにだって行くことができるわ」

心からの励ましに、アルバートは嬉しそうにうなずく。可愛い。

ヘレンが、楽しそうに口を開いた。

「そうですわ、アルバートさま。ハーシェスさまはお父さまのお仕事柄、異国の言葉や文化にもお詳しいとお聞きしました。いずれあの方がこちらにいらした折に、それらを教えていただけるようお願いしてみてはいかがでしょうか。これから定期的にハーシェスさまをお招きする予定なのですもの。きっと、快《こころよ》く承諾していただけると思いますよ」

「そう……か、な」

アルバートは、今まで他人とのコミュニケーションスキルをほとんど磨《みが》いたことがない。

そんな彼にとって、さほど親しくない相手に何かをお願いすることは、ものすごくハードルの高いミッションなのだろう。かなり気後《きおく》れした様子だ。

しかしヘレンは、にっこりとアルバートに笑いかける。

「大丈夫ですわ。アルバートさまは、いずれハーシェスさまの義弟《おとうと》になるのですもの。兄や姉というものは、弟妹《ちび》のわがままを叶えるために存在していると言っても過言ではないのです。どうぞ自信を持ってくださいませ」

その言葉に、アルバートは、ヘレンがそう言うならとうなずいた。

ヘレンは、アルバートから絶大なる信頼を寄せられている。

全寮制の男子校に通うアルバートに、ヘレンは重要な教えをいくつも伝授したのだ。『敵と認識した相手の、正しい弱みの掴み方およびその活用方法』『力では敵《かな》わない相手に襲われた場合の適切な対処方法』『狙いやすい人体の急所あれこれ』『喧嘩《けんか》を売られたら相手が二度と思い上がることのないよう、できるだけ派手に叩き潰しましょう』などなど——

一方のリュシーナは、そのことをまるで知らないのであった。

◆　◇　◆

ヴィンセント公爵家の夜会で、次男のラルフが『リュシーナには落ち度がない』と明言してくれた。おかげで、リュシーナの名誉は守られたと言える。

そして夜会の翌朝、リュシーナのもとにある友人から手紙が届いた。そこには、今日の午後にリュシーナを訪問したいという旨《むね》がつづられている。

その友人とは、ステラ・ウェンデル伯爵令嬢。

フィニッシング・スクールのクラスメイトで、社交界三花《しゃこうかいさんか》——現在の社交界で、いずれ劣《おと》らぬ名花と称される三人のレディのひとりである。リュシーナも、以前はそのひとりに数えられていた。

リュシーナは、ステラを客室に通した。

緩《ゆる》やかに巻かれた金髪に、ぱっちりカールした濃い睫毛《まつげ》、神秘的なブルーグリーンの瞳。

相変わらずとても美しいステラだが、先ほどから不安そうな表情を浮かべている。

「ずっとお手紙でのやり取りしかできなくて、ごめんなさいね。リュシーナさん。その……薄情な、って怒っていらっしゃる……？」

リュシーナは笑って首を振った。

「とんでもございませんわ、ステラさん。あなたからの心のこもった励ましのお手紙で、どれだけ勇気づけられたかわかりません。こちらこそ、ご心配をおかけして申し訳ありませんでした」

リュシーナが屋敷での引きこもり生活をはじめてから、ステラは毎日欠かさず手紙を送り続けてくれたのだ。

ぱっと顔を輝かせたステラは、嬉しそうに声を弾ませて言う。

「リュシーが謝る必要なんて全然ないし！　誰がどこからどー見たって、悪いのは脳みそと下半身がゆるゆるの元婚約者と、その阿呆《あほう》を寝取ったレディの風上にも置けないバカ娘なんだから。もっと堂々としてなよ、堂々と！」

満面の笑みとともに力強く親指を立てたステラは、一拍置いて、しずしずとテーブルに両手を置く。

そして、何事もなかったかのようにほほえんだ。

「ごめんなさいね？　ここだと口うるさい人間が誰もいないものですから、つい昔のクセが……」

可愛らしく首を傾《かし》げるステラに、リュシーナはそっと目を伏せた。

はじめて彼女と言葉を交わしたときのことを思い出す。

彼女は生まれたばかりの頃にウェンデル伯爵家から拐《かどわ》かされ、十二年もの間、王都から遠く離れた小さな村で暮らしていたのだという。やがて成長した彼女の愛くるしい容姿は、人々の間で噂になった。その村では珍しい、神秘的なブルーグリーンの瞳を持つ少女がいると。

その少女の特徴を聞きつけた伯爵夫妻は、件《くだん》の村に足を運んだ。すると伯爵夫人の子供時代とそっくりな娘が元気に走り回っている。そのまま感動の対面――といけばよかったのだが、残念なことに、そううまくはいかなかったらしい。

「ずっと母親だと思っていた相手が実は誘拐犯で、しかも『穏便にコトを済ませてほしけりゃ口止め料として言い値を払え！』とかあたしの前で言うわけですよ。それまで育ててきた子を実の親に大金で売り払うなんて、どういうことよ。あたしが多少世の中を恨《うら》みたくなっても仕方ないと思うのですが、どうですか」

据《す》わりきった目でステラにそう言われたとき、さすがになんと返していいかわからなかった。

ステラは伯爵家に戻ってからも、そこでの生活になかなか馴染《なじ》めなかったという。

だが五年の月日が流れ、ステラ自身の努力と根性の甲斐《かい》もあり、見事に彼女は『どこへ出しても恥ずかしくないレディ』へと変貌《へんぼう》した。

ごくたまに気が抜けると、先ほどのような素《す》の姿が表れてしまう。しかし、リュシーナはそんな彼女の飾らない笑顔を見るのが好きだ。

リュシーナはふんわりとほほえんだ。

「ステラさん、この客間は人払いをしておりますの。よろしければどうぞ、お楽になさってくださいな」

ステラは大勢の人々が集まる社交の場に出ると、夢見るような瞳をして、ひたすらにこにこと笑っている。

しかしそれは、コルセットが苦しくてあまりものを食べられないがゆえの、過度の空腹によるものだという。その事実を知ったとき、リュシーナは密かに涙を拭《ぬぐ》ったものだ。

ステラの素顔を知っている人間が、どれほどいるのかはわからない。

けれど、その栄《は》えあるひとりとして、リュシーナは少しでも彼女に気の休まる時間を作ってあげたかった。

そんなリュシーナの申し出に、ステラはしばしの間固まる。そして胸の前で両手を組み合わせ、ぶわっと両目を潤《うる》ませた。

「リュシー……。ちょっと今ここで、リュシーへの愛を叫んでもいいかな……？」

「……申し訳ありません。さすがにステラさんのお声で叫ばれてしまうと、廊下に控えているメイドたちが飛んできてしまうと思いますわ」

何しろステラは、社交界で『天使の歌声』という異名を取るほどの美声の持ち主。幼い頃に手伝っていた牛追いの仕事で喉《のど》が鍛《きた》えられたらしく、声量もハンパではない。

至近距離かつ本気でステラに叫ばれた場合、こちらの鼓膜《こまく》が危ない。リュシーナは、にっこり笑って保身に走った。

「そっかー……そうだよねー……。ふふ、うふふふっふっふふ」

虚《うつ》ろな目をして不気味に笑い出したステラを見て、リュシーナはほんのちょっぴり引いた。

ひとしきりうふうふと笑って満足したのか、ステラは小さく息を吐く。それからへにょっと姿勢を崩して、椅子の背もたれに背中を預けた。

「うあー……ラークー……。椅子の背もたれとゆーのは、本来こうやって使われるべきものではないかなーと、あたしは思うのです」

まったくもって、レディにあるまじき格好だ。

しかしリュシーナは何も言わず、白磁《はくじ》のティーカップにお茶を注《そそ》ぐ。

そのカップに手を伸ばしてお茶を飲んだステラは、ふと何かを思い出したような顔をして体を起こした。

まっすぐにリュシーナを見つめ、にやりと唇の端を上げる。

「肝心な話を忘れるとこだった。——リュシー？　あたしは、リュシーにつくから」

「……え？」

目を丸くしたリュシーナに、ステラはふふんと不敵に笑った。

「お父さまもお母さまもお兄さまも、ぶっちゃけトゥエン伯爵家を敵に回すような真似は、あんまりしたくないって感じかなー。まぁその辺はね、一応わからなくもないんだけど。貴族同士のオツキアイとか、しがらみとか？　いろいろとめんどうなことがあるんだろうし」

うんうんとうなずき、彼女はぱっと明るい笑みを浮かべる。

ウェンデル伯爵家は今回の一件にはまったく関与していないが、王宮内でも微妙な力関係というものがある。女性同士の社交の場で、ウェンデル伯爵家の女性たちがトゥエン伯爵家やエプスタイン男爵家に縁のある女性たちと友誼《ゆうぎ》を得たことだってあるだろう。

しかし、ステラの無邪気な笑顔は、そんな貴族社会のしがらみなどまるで意に介していないかのようだ。

「でもあたしは、『これから先、トゥエン伯爵家とエプスタイン男爵家の開くパーティーやお茶会に招待されても、全部お断りすることにいたしましたー』って、あちこちでびしっと宣言しちゃってたりしてっ」

てへっと実に可愛らしくステラは言うが――

「……ステラさんー!? あ、あなた何を堂々と、トゥエン伯爵家とエプスタイン男爵家に宣戦布告しているのですか!?」

驚いたリュシーナは、裏返った声で叫ぶ。

ステラはその類稀《たぐいまれ》なる美貌《びぼう》と美声、さらには数奇な運命をたどった少女として、社交界で相当有名だ。

その彼女がそんな宣言をしては、今後の社交界にどれほど混乱が生じることか。ウェンデル伯爵家がトゥエン伯爵家に喧嘩《けんか》を売った、と言われても仕方がない行為だ。

暴挙に走った張本人は、きょとんとして首を傾《かし》げている。

「向こうだって、リュシーっていうか、ティレル侯爵家に思いっきり喧嘩《けんか》を売ったでしょ?」

「それはそれです! ステラさんのお気持ちは、とても嬉しいです。けれど……っ、そんなことをなさったら、ステラさんの不名誉になってしまうではありませんか!」

恐怖に声を震わせたリュシーナに、ステラはにこりと笑う。

「貴族のご令嬢は、友達が喧嘩《けんか》を売られても何もしちゃいけないんだよね？　そんなことをするのはとっても『恥ずかしいこと』で、『不名誉なこと』だから」

でもね、とステラは続けた。

「あたしは、そんなのは我慢できない。あたしは友達が喧嘩《けんか》を売られたら、一緒に殴り返してやらなきゃ気が済まないの」

「……ステラさん」

鮮《あざ》やかなブルーグリーンの瞳が、ただまっすぐにリュシーナを見つめる。

「ね、あたしたちがはじめて話したときのこと、覚えてる？」

――もちろん、覚えている。忘れるはずがない。

あんなすさんだ目をした少女を、リュシーナはそれまで見たことがなかった。

「あの頃のあたし、ひどかったでしょ。まわり中、全部敵だーみたいな顔して、お父さまたちのことも先生たちのことも、みんな大嫌いって喚《わめ》いてばっかりで。……リュシーだけだった。それでいいんだって言ってくれたの」

「……え？」

目を瞠《みは》ったリュシーナに、ステラは静かな口調で続ける。

「そんなに悲しいことがあったんだったら、仕方がない。血が繋がってるってだけの理由で愛することは難しい、だから無理にお父さまたちを好きになる必要はないって、そう言ってくれたのよ。……忘れちゃった？」

リュシーナは慌てて首を振った。

「い、いえ……覚えて、いますけれど……」

そっか、とステラは嬉しそうに笑う。

「あのときリュシーがああ言ってくれなかったら、きっとあたしは今でも、あのままだった。お父さまたちとちゃんと話をすることも、歌う喜びを知ることもなくって、ずっとひとりぼっちのままだった。今、こんなふうに『ステラ・ウェンデル』が伯爵令嬢の看板を背負ってうふふおほほって笑っていられるのは、リュシーのおかげなの」

だからね――とステラは続ける。

「あたしは、リュシーを泣かせる奴は絶対に許さない。……大体ね！　『政略的な利益よりも真実の愛を求めるあまり』だの、『世の掟《おきて》に背いてでも貫《つらぬ》きたい愛があった』だの！　最低最悪の浮気男と馬鹿女が胡散臭《うさんくさ》い美談を垂れ流すのは許せない！　リュシーを傷つけたのに全部なかったことにして、自分たちが正しいみたいな顔で結婚しようだなんて！　まったく、へそで茶を沸《わ》かすにもほどがあるわ！　見当違いも甚《はなは》だしいのよ！　ああぁッ、思い出すだけで、ますます腹が立ってきたあああぁあーっっ!!」

「ス、ステラさん！　お怒りになるのはともかく、叫ばれるのは控えていただけるとありがたいのですが……っ」

さすがは『天使の歌声』の持ち主。実に見事な肺活量《はいかつりょう》である。

それにしても、ダニエルとジャネットの関係を正当化するために、先方はずいぶんがんばって噂話を流しているようだ。

今までにも、ヘレンからいくつかの噂を教えてもらっていた。そのたびに、ここは笑うところなのだろうか、とふたりで首を捻《ひね》ったものだ。

何しろダニエルときたら、いまだにしょっちゅうティレル侯爵邸を訪問してきたり、しつこくリュシーナに手紙を送りつけてきたりしているのである。

少なくとも、彼の気持ちがジャネットにないのは確かだろう。

もしダニエルが、ジャネットを愛していながらリュシーナにも接触しようとしているのだとしたら、本気で彼の正気を疑うところだ。

そこでリュシーナは、はっと我に返った。

（……いえいえ、今はそんなくだらないことを考えている場合ではないのです！　ステラさんがトゥエン伯爵家とエプスタイン男爵家に宣戦布告してしまったのは、もはや動かすことのできない事実なのですもの。これからどうすべきかを考えなくては！）

ステラがリュシーナのために己の名誉をかけて立ち上がってくれた以上、誠意をもってその心意気に応《こた》えなければならない。そうでなければ、レディがすたる。

リュシーナは、じっくりと考えた。

そして、有能なメイドの存在を思い出す。

見えない相手に向けてしゅっしゅっと拳《こぶし》を打ちこんでいるステラに向かって、リュシーナは呼びかけた。

「あの……ステラさん？」

「何!?」

ちょうどいい感じに拳《こぶし》が決まったところだったのか、ステラが高々と右腕を振り上げたままこちらを見た。

リュシーナはにこりとほほえむ。

「少し、メイドに相談したいことがありますの。こちらに呼んでも構いませんか？」

「うん、いいよー」

どうやらステラは、汗と一緒にストレスを流すタイプらしい。彼女はあっさりうなずいた。

ステラがいそいそと椅子に腰かけ、『伯爵令嬢』という名の猫の皮をきっちり被ったのを確認し、リュシーナは頼りになる乳姉妹《ちきょうだい》の知恵を借りるべく、呼び出しのベルを鳴らした。

――世の中には、適材適所という素晴らしい言葉があるのである。

第四章　交渉の基本

ヴィンセント公爵家のパーティーの数日後、ハーシェスはアルバートの招待を受け、ティレル侯爵家を訪れた。

その際、彼はリュシーナと再会した。『あのときのお礼を申し上げたくて』という理由で、彼女も同席したのだ。

恋しい相手としばらく離れていた場合、記憶が都合良く美化されるものだというのはよく聞く話だ。

だが、ハーシェスの姿を見て控えめながらも嬉しそうにほほえむリュシーナは、記憶の中の彼女よりもずっと魅惑的だった。

歓喜のあまり言葉を失いそうになりつつも、『礼儀正しい騎士』として当たり障りのない振る舞いをこなした自分を、全力で褒《ほ》めてやりたい。

一方ヘレンからは、その後受け取った手紙の中で、『……あれほどハラハラしたことはございませんでした。殿方の下心というのが非常にわかりやすいものである、という実例を目《ま》の当たりにさせていただいたことには感謝いたします。ですが、そのダダ漏《も》れすぎるリュシーナさまへのお気持ちをもう少し隠せるよう、今のうちにイメージトレーニングでもなさっておいてくださいませ』という厳しい評価をいただいてしまった。

イメージトレーニングならば、言われずとも数えきれないくらいに繰り返している。……ただそれが、他人様《ひとさま》には胸を張って言えない類《たぐい》のものであるだけだ。

それにしても、愛《いと》しい女性を目の前にしながら、「いいお天気ですネ」「そうですネ」程度の決まりきった会話しか許されないのは、非常にストレスのたまるものだった。

しかも、リュシーナと直接顔を合わせることができたのは、そのときのたった一度きり。

（ふ……っ、そろそろストレスが胃に来そうだぜ。ふふふっふっふ。……ハゲるのは、いやだな）

再び愛《いと》しい女性の面影《おもかげ》を想うばかりの日々がはじまって、現在ハーシェスは、絶賛やさぐれ中だった。

リュシーナは今のところ周囲に対して、ダニエルと友人の裏切りを理由に、『わたし、どなたとも結婚なんてしたくありません！』宣言をしている。

いずれは他家の貴族の子どもたちを教える家庭教師になるのだと言って、さまざまな国の言葉や歴史、文化を意欲的に学んでいるところだ。

さすがに父親の侯爵も、傷心の娘に、あまり強いことを言えない雰囲気だという。

ここは、ハーシェスの踏ん張りどころでもある。

『アルバートの年上の友人』としてティレル家を訪問するようになったハーシェスであるが、そこでリュシーナに会えるわけではない。

愛《いと》しい彼女が同じ屋敷の中にいるとはいえ、ハーシェスは耐えなければならないのだ。迂闊《うかつ》なことをして、二人の未来をふいにするのだけは避けたい。

——蛇《へび》の生殺《なまごろ》しというのは、まさにこういう状態を言うのではないだろうか。今なら、好物を目の前に「お預け！」をされている番犬の気持ちが痛いほどよくわかる。もう二度と、彼らにそんな非道な真似をしないと誓う。

（だーもう、これがそこらの平民だったら「お嬢さんをボクにくださいッ」で親父《おやじ》さんから何発かぶん殴られれば終了なのに……。相思相愛で外堀もガンガン埋めまくってんのに、それでもまだまだ先は長いとか……！）


——その日、騎士団の任務に就いていたハーシェスは、発見した凶悪窃盗団《せっとうだん》のアジトの壁を問答《もんどう》無用《むよう》で蹴り破った。

そして抵抗した窃盗団《せっとうだん》の団員たちをさんざんな状態にしたのだが、彼らの逃亡を防ぐために、やむを得ないことだったのである。

断じて、彼らをストレス解消の道具にしたわけではない。

爽《さわ》やかに汗を拭《ぬぐ》い、少しすっきりした気分で騎士団に戻ったハーシェスは、食堂に向かう。

しかしそこで、非常にいやな気分になった。

（……うん。なんでこの国には『変態は騎士になるべからず』という法律がないんだろう）

どんなに凶悪な犯罪者だって、変態に取り締まられるのは不本意に違いない。

変態——もとい、トゥエン伯爵家の跡継ぎダニエル卿は、貴族至上主義のお友達と今日も仲よくツルんでいるようだ。

彼らはダニエルが変態だと思わずにつきあっているのか、それとも彼ら全員が変態だから問題がないのか。

あの日以来、ハーシェスは、任務以外ではダニエルのことを完全に無視している。

それは、向こうも同じだ。

だが今日は、こちらに気づいたダニエルがなぜか近づいてきた。ハーシェスは思いきり顔をしかめる。

「寄るな変態！」と蹴り飛ばしてやりたかったが、騎士団内での私闘は禁止されている。

仕方なく、思いきり不快な表情を浮かべてみたものの、ダニエルはまったく気にした様子もない。

ハーシェスは、ものすごくイラついた。

いくら甘やかされて育った貴族のお坊ちゃんとはいえ、最低限の空気を読むスキルくらい身につけておくべきだと思う。

「何か用か？」

なかなか口を開く様子のないダニエルに、苛立《いらだ》ったまま低く問いかける。

ただでさえ、非常に腹が減っているのだ。

飯をまずくするツラをこれ以上見せるな、という意思を込めて睨《にら》みつけると、ダニエルの顔が不快げに歪《ゆが》む。

「ここでは、話しにくい。少し、つきあえ」

「なんでオレがおまえのために、貴重な時間を割《さ》かなきゃなんねぇんだよ。用があるなら、さっさと言え」

ダニエルがちっと舌打ちした。舌打ちしたいのはこちらのほうである。

ますます苛立《いらだ》って目を細めると、ようやくぼそぼそと口を開いた。

「……おまえ最近、ティレル侯爵家を訪問しているそうだな」

「それがどうした。おまえには関係のないことだ」

冷ややかに返すと、ダニエルはわずかに声を揺らす。

「リュシーナは――」

「同じことを、何度言わせるつもりだ？　おまえにはもう、彼女の名を呼ぶ資格はない」

顔を歪《ゆが》めたダニエルが声を張り上げる。

「……っオレは、彼女の婚約者だったんだ！」

ハーシェスは、唇の端を上げた。

「ああ、そうだな。過去形だ。おまえは彼女を最悪の形で裏切って、その立場を自分から捨てたんだからな。そんなおまえが、なぜ今さら彼女のことを気にかける？」

ダニエルの口元が、醜《みにく》く引きつる。

「――平民のおまえには、わからんだろうがな。この状況で彼女を妻にしようなんて考える貴族の男は、いないんだよ。修道院に入るにせよ、いかず後家《ごけ》になるにせよ、彼女が幸せになれる道なんてどこにもないんだ」

ハーシェスは、低い声で吐き捨てた。

「自分で侯爵令嬢を不幸にしておきながら、他人事《ひとごと》みたいに言ってんじゃねえよ」

「……ハーシェス。おまえ、リュシーナに惚れたんだろう？　だが、残念だったな。いくら侯爵家を訪問して気を引こうとしたところで、彼女が平民のおまえに好意を抱くわけがない」

いきなり話が飛んだ。おまけに、前半は大当たりである。

なかなかの不意打ちだったが、その程度で商売人のツラの皮を歪《ゆが》められると思ったら大間違いだ。

ハーシェスはめんどうそうな素振りで、淡々と告げる。

「その愉快な思い込みが一体どこから来ているのかは甚《はなは》だ疑問だが、そんなことはどうでもいい。侯爵令嬢をあれほど傷つけて泣かせたおまえが、彼女の名を我が物顔で口にするのは、非常に不愉快だ。これ以上続ける気なら、今後一切、オレがおまえの話を聞くことはない」

ダニエルはぐっと詰まった。

悔しげに唇を噛《か》んでから、押し殺した声で続ける。

「……オレが彼女を妻にすれば、すべて丸くおさまるんだ。おまえだって、わかるだろう。彼女は美しく、知性と思いやりに溢《あふ》れた素晴らしい女性だ。修道院なんかに入っていい女性じゃない。オレと結婚して伯爵夫人になるのが、彼女にとって一番の幸せなんだ」

ハーシェスは相手の勝手な言い分を鼻で笑う。

「へぇ？　だったら今すぐ侯爵令嬢のところに行って、プロポーズでもしてきたらどうだ？　もし彼女が受け入れてくれたら、さぞ素晴らしい美談になるだろうさ。そうだな、『一時《いちじ》の過《あやま》ちとすれ違いを乗り越えて結ばれた奇跡の恋人』ってところか?」

思いきり皮肉を言ったつもりだったのだが、ダニエルはぱっと顔を輝かせた。

「そう思うか!? だったら、協力しろ!」

「……は?」

なんだか今、ものすごく面妖《めんよう》な単語を聞いた気がする。

あまりの衝撃に、思わず『何言ってんだコイツ』という目で相手を見てしまった。ちょっと悔しい。

どうやら自分のツラの皮は、思っていたほど厚くなかったようだ。これは、真面目に反省しなければなるまい。

想定外の要請をしてきたダニエルは、自分の未熟さに気づいて落ちこむハーシェスに、掴みかからんばかりの勢いで言い募《つの》る。

「リュシ……いや、彼女だって、こんなに簡単なことがわからないはずないんだ。なのに、何度手紙を送っても開封されないまま送り返されてくるし、直接屋敷を訪ねても門番に追い返されるし……。だから、おまえから彼女に伝えろ。いつまでも意地を張っていないで、これからのことを考えるべきだと」

ハーシェスは、頭痛を覚えた。

片手で眉間を押さえてゆっくり息を吐いてみたが、どうやらこれは、ストレスと空腹の織りなす愉快な幻聴ではないらしい。

（コイツ、まさかヴィンセント公爵家のパーティーのあと、自分たちの醜聞《しゅうぶん》がまた広まりはじめたことを知らねェのか？　……そういや、自主謹慎していて、最近はどこのパーティーにも参加してなかったってハナシだもんな。親しくしてる連中がわざわざそんな話をするわけないし——世間知らずのお坊ちゃんがこの八方塞《はっぽうふさ》がりの現状をどうにかしようとしたところで、ちまちまリュシーナさまに手紙を書いたり、侯爵家に突撃かけたりするくらいしかできないか。……なんかここまでくると、いっそ気の毒になってきたな）

ふと周囲を見ると、その場にいる騎士団員たちが全員こちらの様子をうかがっている。しかし、ダニエルはそれを気にした様子もない。

まわりが見えず、地に足がついていないような男だからこそ、ダニエルは常にハーシェスを上から目線で見てくるのだろう。

これはもう、まともな会話を期待するだけ無駄だ。無意味な時間は、とっとと終わらせてしまうに限る。

ハーシェスは指先で眉間を揉《も》みほぐし、口を開いた。

「……悪いが、オレが訪問しているのは未来のティレル侯爵、アルバートさまだ。あの方は、異国の文化にことのほか興味をお持ちでな。いずれ大切な顧客になってくださるかもしれない方と、せっかくいい関係を築けそうなのに、相手の機嫌を盛大に損ねるような真似なんてできるわけがないだろう」

「だが……！」

何か言いかけたダニエルを、蔑《さげす》みを込めた視線だけで黙らせる。

「一応言っておくが、ティレル侯爵家におけるおまえの評判は、最低最悪もいいところだ。アルバートさまは、おまえに決闘を申し込むつもりだったそうだぞ？　本気かどうかはわからんが、一度おまえの話になったとき、この国では知られていない毒薬が手に入らないか相談された。今後侯爵家を訪問することがあったなら、口にするものには充分注意したほうがいい」

ダニエルは、腐った変態でも一応騎士団の一員だ。たとえアルバートが激情に駆られ、本当に決闘を申し込もうとしたとしても、きっとヘレンに止められていただろう。

毒薬に関しては、アルバートだけでなくヘレンからも同様の相談が来ていたので、一応いつでも手配できるように準備している。さすがに、ふたりを人殺しにするわけにはいかないので、毒薬ではなく遅効性の強力な下剤を手配するつもりだが。

「……っ」

青ざめたダニエルに、ハーシェスは冷ややかに告げた。

「あのとき、オレは言ったはずだな。おまえを心の底から軽蔑《けいべつ》すると。そのオレに、よくもまぁそんな厚かましいことを言えたもんだ。お偉いお貴族さまってのは、つくづく自己中心的なものの考え方をするらしい。おまえの言う通り、『平民風情《へいみんふぜい》』であるオレにはとても理解ができないよ。せいぜい、おとなしく黙っているとするさ」

彼自身の言葉を持ち出すと、さすがに今度は皮肉だと理解してもらえたらしい。

まったく、頭の中に豪華なお花畑を所有しているお坊ちゃんの相手は疲れてしまう。

それに、食堂中の視線が自分たちに集まっているのが鬱陶《うっとう》しい。ラルフをはじめ、仲間たちがにやにや見物しているところも、またムカつくのだ。

楽しんだのなら見物料を払えと言ってやりたかったが、そろそろ空腹が限界だ。

ハーシェスはダニエルを置いて歩き出し、食堂のおばちゃんからランチのプレートを受け取る。

そして空いている席に座り、それを無言でかっこみはじめた。

そんなハーシェスのもとに、ラルフがひょいと顔を出す。

「おまえに頼みごとをするときは、まず腹一杯食べさせてからじゃなきゃダメなのにな？」

「腹が減っていると心が狭くなるのは、あらゆる人間に共通する真理だ。それを知らない阿呆《あほう》に、オレと交渉する権利はない」

それにしても、ダニエルはいまだにリュシーナへの未練がたっぷりのようだ。

（ま、もう遅いけどな）

せっかくのランチがまずくなる考えごとはそれきりにして、ハーシェスはもくもくと食事を続けた。

数日後、ハーシェスはすっかり馴染《なじ》みになったアルバートからの招待を受け、ティレル侯爵邸を訪れた。

夏の盛《さか》りの庭園では、色とりどりの薔薇《ばら》が華麗に咲き乱れている。

豪奢《ごうしゃ》な客間から見える庭の美しさに感嘆しながら、ハーシェスはアルバートに異国の言葉で挨拶《あいさつ》をした。

『こんにちは、アルバートさま。お久しぶりです』

『こんにちは。ハーシェス殿。お久しぶり、です』

若干《じゃっかん》ぎこちないながらも、だいぶ滑《なめ》らかになった発音に、ハーシェスはにこりと笑う。

『ずいぶん、お上手になられましたね。さぞ熱心に練習されたのではありませんか？』

『……えぇと、はい。練習、しました。たくさん。早く、きちんと話せるようになりたい、です。いつも姉と、練習しています』

ハーシェスは、思わず口をつぐんだ。アルバートが不安そうに見上げてくる。

『何か、おかしかった、ですか？』

『いえ、大したことでは。ただ、たくさん練習しました、とおっしゃったほうがよろしいですね』

アルバートが軽く首を傾《かし》げて言う。

『たくさん、練習しました？』

『はい。大変結構ですよ』

（……ちっ、弟特権がうらやましすぎるぜ）

ハーシェスは、内心で大人げなく舌打ちする。しかしアルバートの嬉しそうな顔を見て……うしろめたさに、ちくちくと胸が痛んだ。

このところハーシェスは、ティレル侯爵邸を訪問するたび、さまざまな異国の言葉をアルバートに教えていた。

アルバートの通っている学校でも、周辺諸国の言語を学ぶ授業はある。だが、実際にそれらの言語を話せる教師は、あまり多くないらしい。

ヴィンセント公爵家のパーティー以来、異国文化に対する興味が花開いたのだろうか。アルバートは、ハーシェスが周辺諸国の言語や文化に通じていると知るや、真剣な眼差《まなざ》しで教えを請《こ》いたいと言ってきた。

最初はティレル侯爵家を訪問する口実づくりとして、さわりだけを教えるつもりだったのだが、熱心に意欲を見せる少年に幼い頃の自分が重なり、放っておけなくなった。

昔使っていた学習ノート、あちこちの国で手に入れた子ども向けの書籍を手土産《てみやげ》に、ハーシェスはティレル家を訪れる。近頃では、それが本当に楽しくなっていた。

『ハーシェス殿、どうやって、たくさん言葉、覚えましたか？』

『そうですね。私は子どもの頃から、異国で父の商売の手伝いをしておりましたから。とにかく必死でした』

アルバートは、コバルトブルーの目を瞬《またた》かせる。

『子どもの、頃から？』

『はい。大変ではありましたが、同時になかなか楽しい経験でもありました。アルバートさまは、今まで異国に行かれたことはありますか？』

『何度か――えぇと、父に連れられて、何度か行きました。でも、観光地でした。自分の国の言葉、通じました』

どこか残念そうな顔をするアルバートに、ハーシェスは小さくほほえむ。

『異国の人々と会話をしたい、彼らの気持ちを理解したいというお気持ちがあれば大丈夫ですよ。近いうちに、北方の商人が我が家に逗留《とうりゅう》することになっております。彼らから何か面白いものを手に入れたら、いずれお持ちいたしましょう』

『ありがとうございます。……うらやましい、です』

普段は無口な少年が、異国の言葉を話すときには素直に心情を語っている――その様子は、なんだかおかしくも可愛らしい。

このところ、非常に微々《びび》たるものではあるが、アルバートの表情が豊かになってきた。ごく自然に、嬉しそうな笑みを浮かべることもある。

そのたびに、扉の脇に控えているメイドたちがうつむいてふるふる震えているのだが、その気持ちはとてもよくわかる。

この家の姉弟はもともと端整な顔をしているだけに、ふんわり温かみのある表情を浮かべると、『ちょっともう、勘弁してくださいッ』とお願いしたくなるレベルで可愛らしくなるのだ。

そして長男気質なハーシェスは、この不器用な少年にすっかり情が移ってしまった。

まだまだリュシーナに会うことはできないのだし、しばらくはのんびり楽しく彼との交流を深めよう――そう思ったとき、開け放たれたままだった扉から聞き慣れない声がした。

「きみが、ラン家のハーシェスくんか」

（……っいきなり御大《おんたい》、キタ――っ!!）

振り返ると、そこにいたのは、当代ティレル侯爵クリストファーだった。

彼の鋭《するど》い瞳は、まっすぐハーシェスを捉《とら》えている。

最終攻略目標とのいきなりの対面に、ハーシェスは顔が引きつりそうになるのを必死でこらえた。

「このところ、ずいぶんアルバートが世話になっているようだな。異国の言葉や文化を教えてくれていると聞いたが」

ずしりと重く響く——他人に命令することに慣れた声。

実に堂々たる体躯《たいく》。

彼は、騎士の資格を持っているという。今でも日々の鍛錬《たんれん》を怠《おこた》っていないことが明らかだった。

子どもたちとよく似た銀髪をきっちりと撫《な》でつけ、鮮《あざ》やかなコバルトブルーの瞳をした彼が現れた途端、アルバートはすっと表情を消した。

その様子が気になったものの、ハーシェスは営業スマイルを貼りつける。慌てず、しかし素早く立ち上がって、クリストファーに礼を取った。

「お初にお目にかかります、ティレル侯爵。ヴィンセント公爵家のパーティーでご挨拶《あいさつ》させていただいて以来、アルバートさまとは親しくさせていただいております」

クリストファーの眉が、わずかに動いた。

「……ああ。きみは、ラルフ殿とも親しい間柄なのだったな。——騎士養成学院の同期だったか？」

「はい。彼とは、いい友人です」

クリストファーが自分について、思っていたよりも詳しく知っていることに驚く。

じわりと、背筋に汗が滲《にじ》んだ。

(これは……気ィ抜いたら、即アウトだな)

ティレル侯爵クリストファーは、広大な領地をうまく経営している辣腕家《らつわんか》だ。

領地経営できちんと利益を上げているほか、孤児でも入学できる学校や、女性の働ける医療院の設立にも積極的に取り組んでいる。

つまり、貴族の中では、かなり先進的な考えの持ち主である。

とても、小手先のごまかしが通じるような相手ではない。

クリストファーの表情は非常に厳《いか》めしいが、彼のまとう空気は落ち着いていた。

きっとこの厳《いか》めしさは、彼の標準仕様なのだろう。どことなく、アルバートの無表情と通じるものがある。

そのアルバートに、クリストファーの視線が向いた。

「アルバート」

「はい、父上。何かご用でしょうか」

はじめて会ったときと同じ、なんの感情も読み取れない少年の声が響く。

親子仲があまりよくないとは聞いていたけれど、これは予想以上かもしれない。

それとも、ここまで他人行儀なのが一般的な貴族家庭なのだろうか。……だとしたら、ちょっといやだ。

クリストファーは、眉ひとつ動かさずに短く告げる。

「励めよ」

一言だった。

ハーシェスは、内心へにょりと眉を下げる。

(え、久しぶりに会った可愛い息子に、マジでそれだけ?)

一方、アルバートはまったく思いがけないことを聞いた、というように目を瞠《みは》った。

「……は、い」

底の見えないクリストファーの瞳が、再びハーシェスを映し出す。

「ハーシェスくん。きみとは、ゆっくり話をしてみたいものだ。ブランデーは好きかね?」

「はい。光栄です、侯爵」

「では、いずれ機会を設けよう」

クリストファーはそう言ってうなずくと、短い挨拶《あいさつ》を残してすぐに去っていった。

さすがにちょっと心臓に悪かったな、と思いながら息を吐いていると、アルバートが何やらひどく戸惑った顔をしている。

「アルバートさま? どうかなさいましたか?」

「いえ……父が私にあんなことを言ったのは、はじめてだったものですから」

そこでアルバートは、ふっと目を伏せた。

「ハーシェス殿。ティレル侯爵家が、もともとは武門の家柄だったことはご存じですか?」

「……申し訳ありません。あまり詳しくは――」

貴族の中に、武術や芸術に秀《ひい》でた家門があることは知っている。

だが、ハーシェスにとってそれは、『お得意さまがどういった商品を喜ぶか』を判断するときの手がかりのひとつでしかない。

そうですか、とつぶやいてアルバートは顔を上げた。

「ティレル侯爵家に生まれた男児は、みな騎士を目指します。しかし私は、幼い頃に暴漢《ぼうかん》に襲われたときの傷が原因で、左腕が少々不自由なのです。日常生活にはさほど支障はないのですが、騎士になることは望めなくなってしまいました」

突然の重すぎる告白に、ハーシェスは思わず息を呑む。

アルバートは、どこか迷うように瞳を揺らした。

「だからなのかは、わかりませんが――父は今まで、私に何かを期待するような言葉は、一度も口にしたことがなかったのです。それでその、なんだか驚いてしまいまして……」

「……そうだったのですか」

眉を寄せたハーシェスは、以前ヘレンが言っていた言葉を思い出す。

――旦那さまは、他人の感情の機微《きび》に疎《うと》いところがおありです。また、一度こうと思いこんだことに関しては、なかなか意見を変えない面倒な方でもございます。

少し、ため息をつきたくなった。

（うん。これはきっと、アレだ。アルバートさまは、侯爵が何も言わないから、父親が自分に無関心だと思ってるんだろうな。――けど本当に無関心だったら、アルバートさまがオレと親しくしてることも、オレとラルフが学院の同期だってことも、知っていらっしゃるわけがないからね！）

おそらくクリストファーも、アルバートが無表情なだけに、息子の気持ちに気づいていないのだろう。

まったく、なんという不毛な負のスパイラルだろうか。

貴族の生活パターンというのは、たとえ親子であっても、頻繁に顔を合わせることはないと聞いている。

だが、心と体に傷を負った子どもに対しては、もう少し一緒に過ごす時間を作ってもいいのではないか。

ハーシェスは、軽く眉間を揉《も》んだ。

すれ違いの生じた親子関係に、他人が余計な口出しをすべきではないとは思うが――せめて、この孤独な少年の背中を押してやりたい。

「アルバートさま」

「は、い」

ぎこちなく答える少年に、できるだけ穏やかに笑ってみせる。

「異国の言葉を覚えれば、それだけ世界が広がります。侯爵は、アルバートさまにもっと広い世界をご覧になっていただきたいとお考えだからこそ、励めとおっしゃったのではないでしょうか」

アルバートのコバルトブルーの目が、大きく見開かれる。

ハーシェスは笑みを深めた。

『それでは、今日からもう少し厳しくしてまいりましょうか。――いつかまた異国に行くことができたら、あなたはどのようなことをされてみたいですか？　アルバートさま。どうぞ、お答えください』

『は……はい！　えぇと、私は――』

ぱっと顔を輝かせ、懸命な様子で答えを考えはじめたアルバートを見て、ハーシェスは思った。

こんなに素直で可愛いイキモノが、『絶対氷壁の貴公子』などと呼ばれているとは、なんてもったいない――と。

第五章　お買い物に行きました

伯爵令嬢ステラがティレル家を訪れてから、数週間が経過した。

あの日以来、リュシーナはステラとともに街で買い物をしたり、公園にピクニックへ出かけたりと楽しく過ごしている。

もちろん、ただ遊びに出かけているわけではない。リュシーナたちは、ヘレンの企《くわだ》てた計画のために動いていているのだ。


ステラがリュシーナへの加勢を宣言した日、二人はヘレンをまじえて作戦会議を行《おこな》った。

ヘレンは、トゥエン伯爵家とエプスタイン男爵家に宣戦布告したステラに、感動したらしい。

「ステラさま……。ありがとうございます。社交界のみなさまが最もお招きしたがっている『天使の歌声』の持ち主であられるあなたさまが、リュシーナさまにお味方されることを明確に示してくださるなんて……今まで日和見的《ひよりみてき》な立場を貫《つらぬ》いていらっしゃった方々にも、少しは変化が見られるかもしれません。正直なところを申し上げれば、浮気などをする馬鹿な元婚約者がどなたとご結婚されようが、こちらの知ったことではありません。ですが、痛々しい勘違いをこじらせたあの貞操観念《ていそうかんねん》の緩《ゆる》い女性が、リュシーナさまを見下すような噂ばかり流しているかと思うと——本当に、腸《はらわた》が煮えくりかえって仕方がありませんでしたの」

そこまで一気に言いきったヘレンは、にこりとほほえんだ。

「とはいえ、トゥエン伯爵家は社交界でも名の知れた名家。宣戦布告されたとあっては、ステラさまのお立場が心配ですわ。そういうわけで、リュシーナさま、ステラさま。この際ですから、ステラさまのお立場を守ることと、ジャネットさまにちょっぴり煮え湯を飲んでいただくことを、同時にクリアさせていただきたいと思うのですが……。いかがでしょう？」

……どうやらヘレンは感動のあまり、ちょっぴり理性が飛んでしまったらしい。

普段は『物静かで賢い理想のメイド』を見事に装《よそお》っているというのに、完全に本音がダダ漏《も》れになっている。

今まで素《す》のヘレンに会ったことのなかったステラが、一体どんな反応を見せるか不安になる。しかし『天使の歌声』の持ち主は、それはそれは嬉しそうにほほえんだ。

「もちろんですわ、ヘレンさん。——ですけど、リュシーナさんにお味方することを宣言しているのは、わたくしだけではありませんのよ」

「……え？」

目を丸くしたリュシーナに、ステラはいたずらっぽく笑ってみせる。

「フィニッシング・スクールでリュシーナさんと親しくされていた方々は、あれ以来、ほとんど例の二家からのお招きには応じていらっしゃいませんの。急な病《やまい》になられたり、お庭の散策中にちょっぴり足を捻《ひね》ったりしてしまうのは、さほど珍しくありませんものね？」

「まぁ……」

かつての級友たちの、ささやかながらも確かな意思表示に、リュシーナは胸の奥が熱くなった。

ヘレンは、「そうですか」とうなずいて少しの間目を閉じる。やがて再び目を開くと、実に晴れやかな笑みを浮かべた。

「そういうことでしたら、いずれみなさまにもお礼を申し上げなければなりませんね。そして、やはりまずは、ステラさまのお立場をきちんとお守りすべきではないかと存じます」

ヘレンは、にっこりと笑みを深める。

「ステラさま。リュシーナさまはこのところずっとお屋敷にこもっていらっしゃったものですから、そろそろ外の空気に馴染《なじ》んでいただきたいと思っておりますの。よろしければ、お買い物やピクニックなどにおつきあいいただけませんか？」

ステラは、ぱっと顔を輝かせた。

「ええ、もちろん！」

「ありがとうございます。それではさっそくですが、ステラさまのご都合のよろしい日時を教えていただけますか？　それに合わせて、こちらで予定を組ませていただきます」

ステラの今後の予定をさくさく聞き取ったヘレンは、それを何かに書きとめることもなく、諳《そら》んじて確認すると、すいと下がって一礼した。

「それでは、ステラさま。どうぞごゆっくりしていらしてくださいませ。後日あらためて、こちらからご連絡を差し上げます」

「わかったわ。楽しみに待っているわね」

「はい。失礼いたします」

にこりと笑みを残してヘレンが去っていくと、ステラは感心したように息を吐く。

「ヘレンさんって、頭いいんだねぇ。あたしのこれから二月分《ふたつきぶん》の予定、一回聞いただけで丸暗記しちゃうなんて。でも、リュシーとお買い物にいくなんてすっごい久しぶりだし、めちゃくちゃ楽しみ！　……って、リュシー？　どうかした？」

素直に喜びを表したステラが、不思議そうな顔をしてこちらを見る。

リュシーナは、にこりとほほえんだ。

「……いいえ。なんでもありませんわ。わたしも、とても楽しみです」

「よかった！」

にこにこと無邪気な笑みを浮かべるステラに、メイド頭《がしら》自慢のブランデーケーキをすすめながら、リュシーナは思った。

先ほどの様子から察するに、ヘレンは間違いなく相当気合いが入っている。今までの経験則からそこはかとない不安を感じているものの、何も知らないステラに、わざわざそれを教える必要はないだろう――と。

その後、ちょくちょくステラと出かけるようになったリュシーナだったが、ヘレンからは計画の全貌《ぜんぼう》を聞かされていない。

非常に気になるところだが、ヘレンはにこにこ笑うだけで教えてくれないのだ。

ちなみにステラと出かけるときには、彼女の護衛役である従者が必ず同行する。

一般的な貴族令嬢の付き添いは、ヘレンのように目立たないお仕着せを着たメイドであることが多い。

だがウェンデル伯爵夫妻は、生まれたばかりの娘を拐《かどわ》かされたトラウマからか、彼女が外出する際には、必ず屈強《くっきょう》な護衛を出動させるのだ。

ステラ本人は「悪目立ちしすぎるし、恥ずかしい」としょっちゅうぼやいているのだが、伯爵夫妻にとって、これだけは断固として譲れないらしい。

そんなステラとの外出が、六度目を迎えようとしていたときである。

いつもなら何も言わないヘレンが、珍しく「今日はこちらのドレスをお召しになりませんか？」と言い出した。

「……何をするつもりなのか、前もって教えてはくれないの？」

ため息まじりに問うリュシーナに、ヘレンはうふふ、と笑う。

「今回の主役は、ステラさまですもの。大丈夫です、ステラさまとは、きちんとお話ししていますから。せっかくなので、リュシーナさまはその場で楽しんでください。舞台の結末を最初から知っていては、存分に楽しめませんでしょう？」

リュシーナはその場にがっくりと座りこみたくなった。

どうやらヘレンはリュシーナの知らない間に、ステラと個人的に連絡を取り合っていたらしい。

今まで彼女がヘレンの動きに気づかなかったことには、理由がある。

このところリュシーナは、さまざまな異国の言語や文化を懸命に学んでいた。

周囲の者には、結婚を諦め、家庭教師として生きていくため勉学に勤《いそ》しみたいのだと話している。

また自分ひとりでも生きていけるようにと言って、料理の練習もはじめた。

しかし実際は、将来、ハーシェスの妻として困らないように今から準備をしているのだ。

商人が異国から客人を招く際には、妻の手料理によるもてなしが必要になるらしい。もちろん、料理を作って出せば、それでおしまいというわけではない。異国からの客人を心地よく迎えるためには、学ばなければならないことが山のようにある。

慣れないあれこれで、この頃リュシーナの頭はいっぱいだった。そのため、ヘレンが何をしているかにまで気をまわしている余裕がなかったのだ。

リュシーナはヘレンを追及することなく、覚悟を決めた。

気合いを入れ直し、彼女が用意してくれた服に袖を通す。

今日の行き先は、貴族の若い女性たちの間で最近人気の宝飾品店である。

そこでどんな事態が発生しようとも、慌てず騒がず、すべてを己の責任として受け入れよう。

いつもよりも若干《じゃっかん》気合いを入れて身支度を整えたリュシーナは、ステラの乗ってきた馬車に、ヘレンとともに乗りこんだ。

ステラの本日の装《よそお》いも、相当気合いが入っている。

彼女がまとっているのは、ほっそりとした優美な型のドレスだ。夏らしく軽やかなレースが袖口や裾を飾り、生地は彼女の瞳の色に合わせた明るい青色。蔓草《つるくさ》をモチーフにした刺繍《ししゅう》があちこちにあしらわれている。

華やかな金髪は流行の形に結い上げられ、ドレスよりも濃い青のリボンと、青系統の宝石をちりばめた銀の櫛《くし》で上品にまとめられていた。

ステラは、向かいの席に腰を下ろしたリュシーナを見つめると、嬉しそうにほほえんだ。

「素敵なドレスですわね？」

リュシーナのドレスは、淡い緑色の生地に白のレースがアクセントになっているデザインだ。スカート部分には、生地と同色の絹糸で夏薔薇《なつばら》の刺繍《ししゅう》が施《ほどこ》されている。今年あつらえたばかりの、お気に入りだ。

「ありがとうございます。ステラさんこそ、とても素敵なドレスですわ。どちらのお店で作られましたの？」

その問いに、ステラはふふっと楽しげに笑った。

「実はこのドレス、お店で仕立てていただいたものではありませんの」

「え？」

目を瞠《みは》ったリュシーナに、ステラはますます楽しそうに笑みを深める。

「以前、ふとしたことで知り合った方が――その、金銭的に少々お困りの女性だったんですの。彼女は、お裁縫《さいほう》の腕前がとっても素晴らしくて……わたくし、失礼かとは思ったのですけれど、その方に自分の好みをお伝えしたんです。そうしたら、本当に素晴らしいドレスを作ってくださいましたの。それ以来、その方の素性については他言無用というお約束で、何度かドレスを作っていただいているのですわ」

「まぁ……。それでは、わたしもよけいな詮索《せんさく》をするわけにはまいりませんわね」

甲斐性《かいしょう》のない男性に嫁《とつ》いだ貴族の女性が、密かな内職によって家計を支えているという話は、さして珍しいものではない。

こうして間近に見ても、ステラのドレスは本当に素晴らしいものだ。彼女の知り合いだというその女性は、今後食べていくのに困ることはないだろう。

やはり手に職をつけておくのは大事なことなのだな、とリュシーナがうなずいているうちに、馬車は目的地についたようだ。

明るく広々とした店内には、華やかなデザインの宝飾品が数点、その美しさが存分に引き立つディスプレイの仕方で飾られていた。

ステラの護衛は、こういった店の中までは同伴しない。入り口の前で一礼し、その場にとどまる。あの厳《いか》つい大男が店の中にいるのと、店の前でびしっと直立しているのと、どちらが営業妨害になるだろうか。束の間、リュシーナはそんなことを真剣に考えた。

ちなみに店内には何組かの女性客がいたのだが、彼女たちは店先に立つ護衛の大男を見て、びくりと肩を震わせている。

……結局、どちらも大差ないだろうという結論に落ち着く。

社交界三花《しゃこうかいさんか》のひとりにして、『天使の歌声』の持ち主でもあるステラは、どの店でも大いに歓迎されるのが常である。彼女が夜会で身につけた装飾品やドレスを扱った店は、翌日からたくさんの女性客で賑《にぎ》わうのだ。

ダニエルとの婚約が破棄されるまでは、リュシーナも社交界三花《しゃこうかいさんか》のひとりとされてきた。しかし今となっては、そう呼ぶ者はどこにもいない。

とはいえ、現在リュシーナには心に決めた男性がいる。多くの人々に褒《ほ》められるよりも、たったひとりの愛《いと》しい男性に褒《ほ》められるほうがずっと嬉しいと知っている彼女は、そんな過去の称号に、なんの未練もなかった。

店の奥から出されてきた首飾りや髪飾りを眺めながら、『どれが一番、ハーシェスさまに素敵だと思っていただけるかしら』と悩んでいたときである。

店の扉が開き、新たな客に店員が「いらっしゃいませ」と言う声が聞こえた。

あまりにも真剣に考えこんでいたリュシーナは、そのとき、ヘレンとステラが同時にきらりと瞳を光らせ、素早く視線を交わしていたことに気がつかなかった。

ドレスの裾を整えたステラが、ゆっくりと優美な仕草で立ち上がる。

そこでようやく顔を上げ、ステラの視線の先に目を向けたリュシーナは、思わず半目になった。

（ヘレン……。こういうことなのだったら、やっぱり前もって言っておいてほしかったわ）

一方、堂々と姿勢を伸ばしたステラが、澄みわたる声で静かに宣言する。

「まいりましょう、リュシーナさん。わたくし、友人の婚約者を寝取るような、卑劣《ひれつ》で破廉恥《はれんち》極まりない女性がいらっしゃる店の品物を、身につけたいとは思いませんの」

――店内の空気が、一瞬にして凍りついた。

店の入り口付近では、幾人もの若い令嬢と紳士たちを引き連れたジャネットが、目を大きく見開いている。そう、店に入ってきた客は彼女たちだったのだ。

リュシーナは、ちょっぴり頭が痛くなった。

しかしここは、ヘレンのお膳立《ぜんだ》てしたステラが主役の舞台。

観客であるリュシーナは、静かに見守るだけである。

せっかくなので、相手役であるジャネットのほうも見物してみると、彼女は鮮《あざ》やかな赤いドレスをまとっていた。デザインは、今年流行の大胆に肩を見せるタイプのもの。

ささやかな胸には可能な限り詰めものをし、かなり高めのヒールを履いてがんばっているようだ。

しかし、彼女の持つ雰囲気が『可愛らしい』ものであるため、幼い子どもが背伸びをしているように見えてしまう。

彼女に似合う、別の装《よそお》いだってあるだろうに。周囲の誰かがそう言ってあげればいいものを――と思っていると、ジャネットのふっくらした頬が、みるみる朱色に染まっていった。

しかしジャネットが口を開くより先に、ステラは彼女の周囲にいる人々にすいと視線を流す。

『どいてくださる？』という意思表示に、彼らは覚束《おぼつか》ない足取りで動き出した。

その様子にますます刺激されたのか、ジャネットの顔はドレスに負けないくらい真っ赤になった。

「……っステラ！　失礼にもほどがあるわ！」

引きつった表情で喚《わめ》いたジャネットに向かって、ステラは不思議そうに首を傾《かし》げた。

「あら。本当のことを言うのが、どうして失礼にあたるのかしら？　あなたが、リュシーナさんの友人を装《よそお》いながら、卑劣《ひれつ》にも婚約者を寝取った破廉恥《はれんち》極まりない女性であることは、間違いようのない事実でしょう？」

ジャネットが声を張り上げる。

「私は、心からダニエルさまをお慕いしているの！　家の意向に従って彼の婚約者になっただけのリュシーナとは違うのよ！」

「当たり前ですわ。あなたのように自己中心的で浅ましい女性が、リュシーナさんと同じ高潔なレディでいらっしゃるわけがないでしょう。男性を心からお慕いしていれば、そのお気持ちを貫《つらぬ》くために、どれほど他人を傷つけても構わないとでもおっしゃりたいの？　あなたの身勝手な振る舞いのせいで、リュシーナさんをはじめとしてどれほど多くの方々が迷惑をこうむったか、少しでも考えられたことはありませんの？」

あきれ返ったステラの言葉に、ジャネットはいっそう声を高くした。

「そんなのは、もうすべて済んだことじゃないの！　私はもうじき、正式にダニエルさまと婚約するのよ。今さらおかしな言いがかりをつけたりしないでいただきたいわ！　不愉快よ！」

普通であれば、侯爵令嬢であるリュシーナに、男爵令嬢のジャネットがこのような物言いをすることは許されない。しかしジャネットは、すでに名家のトゥエン家に嫁《とつ》ぎ、伯爵夫人になった気でいるのかもしれない。

ステラがすぅ、と目を細める。

「本当に、愚《おろ》かな方ですのね。ジャネットさん。あなたがまずなさるべきなのは、リュシーナさんの前に跪《ひざまず》いて、心からの謝罪をすることではありませんの？　そんな最低限の道理すらわきまえていないだなんて、フィニッシング・スクールで一体何を学んでいらしたのかしら。リュシーナさんの人生をめちゃくちゃにしておきながら、もうすべて済んだことですって？　まったく、考え違いにもほどがありますわ」

「な……に、よ……っ」

言葉を詰まらせたジャネットに、ステラはにこりと笑ってみせた。

「わたくし、あなたのように恥知《はじし》らずな女性とは、金輪際《こんりんざい》関わり合いたくありませんの。もちろん、そう思っているのはわたくしだけではありませんわ。フィニッシング・スクールでリュシーナさんを可愛がっていらしたお姉さま方、親しくしていらした友人の方々、そしてリュシーナさんを慕っていらした下級生たち。みなさん、あなたのなさったことは、友人に対する最低の裏切り行為だと憤《いきどお》り、軽蔑《けいべつ》していらっしゃいます。まさかそんな覚悟もなしに、トゥエンさまのベッドに入ったわけではないのでしょう？」

まるで歌うように楽しげなステラの言葉に、ジャネットはみるみる青ざめた。もしかしたら、こうしてステラに現実を突きつけられるまで、自分の行動の意味を深く考えたことがなかったのかもしれない。

――ヘレンの言っていた『ジャネットさまにちょっぴり煮え湯を飲んでいただく』という目的は、これで充分果たされたと思う。

けれど、『ステラさまの立場を守る』という最も大切な目的は、一体どうやって達成するつもりなのだろうか。

まさか、ヘレンとステラは『打倒、ジャネット！』に燃え上がっているうちに、もうひとつの目的を忘れてしまったのだろうか――とリュシーナが不安を覚えたときである。

「――失礼。王都第三騎士団の者です。先日、この店から盗難届けのあった品と、特徴の合致するものが発見されたのですが……おや、リュシーナさま。お久しぶりです」

自分の名を呼ぶ、少し驚いたような男性の声。

艶《つや》やかな黒髪と緑の瞳を持つ美麗《びれい》な騎士の姿を見つけたリュシーナは、一瞬、気が遠くなった。

（……っヘレーン！　あなた、ラルフさまのご予定なんてどうやって調べて……あぁっ、ハーシェスさまね!?　ハーシェスさまからうかがったのね!?）

利用できるものは、なんでも最大限利用する。

それがヘレンのモットーなのだ。

突然のラルフの登場に周囲が呆然とする中、リュシーナは叫び出したい気持ちをどうにか抑えて立ち上がり、ラルフに向かって礼を取った。

「お久しぶりです、ラルフさま。ヴィンセント公爵家の夜会で、弟が大変お世話になったと聞いております。――本当に、ありがとうございました」

考えてみれば、これはラルフに直接礼を言える、またとない機会である。

幼い頃に何度か顔を合わせたことはあるけれど、こうして騎士服を着ている彼と会うのははじめてだ。

実用性を重視したデザインのそれは、典雅《てんが》な美貌《びぼう》を持つ彼にあまり似合わないのではないかと思っていたけれど、思いのほかしっくりと馴染《なじ》んでいた。実に目の保養である。

リュシーナは、にこりとほほえんだ。

「まさか、ラルフさまとこんなところでお会いできるとは思いませんでしたわ。ラルフさま。こちらはわたしの友人の、ステラ・ウェンデル伯爵令嬢です」

ラルフはおや、と軽く目を瞠《みは》った。

「あなたが『ウェンデル伯爵家の歌姫』ですか。いや、噂通り、実にお美しい」

「ありがとうございます、ラルフさま。お目にかかれて大変嬉しく思います。ラルフさまは、リュシーナさんと親しい間柄でいらっしゃいますの？」

ほのかに頬を染めたステラの問いに、ラルフは笑みを浮かべて答える。

「以前何度か、ご挨拶《あいさつ》をさせていただきました。――リュシーナさま？ このたびは大変なご不幸に遭遇《そうぐう》したとうかがいましたが、お元気そうで安心いたしました。あなたのように麗《うるわ》しい女性を裏切るなど、まったくダニエルは愚《おろ》かな真似をしたものです」

すると、ステラが「まぁ」と若干《じゃっかん》わざとらしく声を上げる。

「ラルフさまは、リュシーナさんの元婚約者をご存じですの？」

「ええ。よりによって、婚約者のご友人であった女性を騎士団の宿舎に連れ込む、救いようのない阿呆《あほう》ですが……残念ながら、奴が私の同僚であるという事実は変わりようがないのですよ」

ラルフがしみじみと口にした言葉に、ジャネットの顔色はますます悪くなっていく。

しかしラルフはジャネットに目もくれず、にこりとステラに笑いかけた。

「ステラさま。あなたの歌声は、素晴らしいものだとうかがっております。ぜひいつか、私にも聴かせていただけませんか？」

ステラは長い睫毛《まつげ》を伏せ、切なそうな声を出した。

「光栄ですわ、ラルフさま。けれど、わたくし……リュシーナさんがこんなに辛い思いをされているのに、大勢の方たちの前で歌う気持ちになんて、とてもなれそうにありません」

(な……何をおっしゃいますの、ステラさん⁉)

リュシーナは蒼白になった。

ステラの『天使の歌声』が自分のせいで封印されてしまった、などという話が広まれば、彼女の信奉者たちから一体どれほど恨《うら》まれるか。

「ステラさん。そんなことをおっしゃらないで。わたしは大丈夫です。今となっては、浮気性の殿方に嫁《とつ》がずに済んだ幸運に、感謝しているくらいですもの。ステラさんやラルフさまにこうして気《き》遣《づか》っていただけて、辛い気持ちはどこかへ行ってしまいましたわ」

必死に訴えるリュシーナに、ステラは軽く首を傾《かし》げる。

「まぁ……リュシーナさんがそうおっしゃるのでしたら……」

ラルフが柔らかくほほえんだ。

「そうしていただけると、私としても嬉しいところですが……。ステラさまは本当に、リュシーナさまを大切に思っていらっしゃるのですね」

「もちろんですわ！　ラルフさまにも大切なご友人がいらっしゃるなら、わかっていただけますでしょう？」

誇らしげに言ったステラに、ラルフは微笑を深めた。

「あぁ……そうですね。ステラさま、ご存じですか？　リュシーナさまが元婚約者の裏切りを知ったとき、彼女を苦境から救ったのは、私の友人のハーシェス・ランという男なのですよ」

「まあ！　そうなんですの？」

目を輝かせたステラは、両手を組み合わせてはしゃいだ声を上げる。

そんな彼女に、ラルフは「ええ」とうなずいた。

「ステラさま。いつか彼に、あなたの歌を聴かせてやってはいただけませんか？　もちろん、そのときには私も同席させていただきたいものですが」

ステラは満面の笑みを浮かべて応じる。

「わかりましたわ、ラルフさま！　わたくしの歌がわずかなりともランさまへのお礼になるのでしたら、ぜひ心を込めて歌わせていただきます！」

「ありがとうございます。――リュシーナさま？　もしよろしければ、ステラさまの歌会をティレル侯爵家で開いていただけませんか？」

「え？」

唐突に話を振られて目を瞠《みは》ったリュシーナに、ステラも言葉を重ねる。

「わたくしからもお願いいたしますわ。せっかくの機会ですもの。リュシーナさんやアルバートさまにも、わたくしの歌を聴いていただきたいのです」

リュシーナはこの状況で、「まぁ、そんな……。どうしましょう」などと優柔不断なことを言って、彼らの気持ちを台無しにするほど空気の読めない貴族令嬢ではなかった。

両手の指を合わせて、にっこりとほほえむ。

「嬉しいですわ。我が家でステラさんの歌を聴かせていただけるなんて。アルバートも、きっと喜びます」

「ええ。楽しい集まりにいたしましょうね」

話がまとまったところで、ラルフがいたずらっぽく笑って言う。

「そういえば、私は騎士団の任務中なのでした。こうして美しい女性たちと楽しくおしゃべりしていたことを知られては、上司に叱られてしまいます。――どうかおふたりとも、この件はご内密に」

リュシーナとステラも、もちろん笑顔でうなずいた。

だが店内には、ジャネットたちのほかにも女性客がいて、先ほどからずっと息を詰めてこちらの様子をうかがっている。

きっと明日には、『ラルフ・ヴィンセントがステラ・ウェンデル伯爵令嬢と親しげに語り合っていた』という噂が流れるに違いない。

もしかすると、先ほどジャネットが声を荒らげていたことについても取り沙汰される可能性が高い。

ステラとラルフの噂を聞いた貴族たちは、今後ステラが何をしようと『ヴィンセント公爵家のお気に入りだから』と見ないふりをしてくれるだろう。

(ラルフさま……。重ね重ね、本当にありがとうございます)

リュシーナが心の中で感謝を捧げていると、ふとラルフがすまなさそうな顔になる。

「おふたりは、お帰りになるところだったのですか？　お引きとめしてしまい、申し訳ありません」

それに答えようとステラが口を開くより先に、少ししゃがれた低い声が店内に響いた。

「――お待たせいたしました。当店の店主、ジャビル・クレイワースでございます。ヴィンセントさま。大変申し訳ありませんが、あなたさまのご用件をうかがう前に、こちらのレディにお詫《わ》びをさせていただいてもよろしいでしょうか」

「お詫《わ》びですか？」

不思議そうに首を傾《かし》げたラルフに、クレイワースは「はい」とうなずく。

小柄な痩躯《そうく》に品のいい衣服をまとった、かくしゃくとした印象の老人である。右目には片眼鏡《モノクル》をかけていたが、その奥の瞳はいささかも濁《にご》っていない。

彼は年齢に似合わぬ滑《なめ》らかな仕草で、すっと頭を下げた。

「ステラ・ウェンデルさま、リュシーナ・ティレルさま。このたびは、わたくしどもの店にお越しいただきながら大変ご不快な思いをさせてしまいましたこと、店主として心よりお詫《わ》び申し上げます。当店では、店内で大声を上げてほかのお客さまのご迷惑になるようなことをされる方には、入店をご遠慮いただいております。今後は二度とこのようなことのないよう徹底してまいりますので、どうかこのたびの不始末をお許し願えませんでしょうか」

（まぁ……）

どうやら彼は、『ヴィンセント公爵家の跡継ぎ候補』と親しい『ウェンデル伯爵家の歌姫』を取るために、『トゥエン伯爵家跡継ぎの婚約者候補』を切り捨てることにしたらしい。

トゥエン伯爵家とエプスタイン男爵家に縁のある女性客をすべて失うかもしれないというのに、ずいぶん大胆な店主である。

クレイワースに、ステラはにこりとほほえんだ。

「お気遣《きづか》いありがとうございます。そうですわ、実はわたくし、来月の王妃さまのお茶会にお招きいただいておりますの。今日はそのときに身につける首飾りと耳飾りを選びにきたのですけれど、わたくしに似合うものを選んでいただけますかしら？」

――王妃主催の、お茶会。

クレイワースの片眼鏡《モノクル》が、きらーん！　と輝くのを見ながら、リュシーナは胸のうちでそっと両手を合わせた。

（……ごめんなさい、ステラさん）

ステラは、リュシーナが余計な心配をせずとも、自分自身の力でどんな壁でも乗り越えていける女性だったのだ。

ヴィンセント公爵家どころか、王妃のお気に入りでもある彼女は、これから何があろうとも、自由に生きていけるに違いない。


ステラの一人舞台を堪能《たんのう》して屋敷に戻ったリュシーナは、手際よくお茶を淹《い》れてくれたヘレンに、素朴な疑問を向けた。

「ねぇ、ヘレン？　あなたはどうして、今日あのお店にジャネットさんが来ると知っていたの？」

おそらく、ラルフが現れることはハーシェスに聞いていたのだろう。それにあわせて、舞台の開幕時間を決めたに違いない。

しかし、そこにジャネットが現れるかまではわからなかったはずだ。

ヘレンはにこりと笑う。

「エプスタイン男爵家で、ジャネットさま付きのメイドをしている友人がおりますの。あちらも、なかなか大変なようですが……。これほど世間で注目されている騒動を間近で見られるなんて運がいいと、とても楽しんでいる様子です」

なるほど、とリュシーナはうなずいた。

「では、ラルフさまがわたしたちにお味方してくださるとわかった理由は？」

ヘレンは軽く首を傾《かし》げて、あっさりと答える。

「類は友を呼ぶと申しますでしょう？　ラルフさまがハーシェスさまのご友人なのでしたら、きっとあの場をお楽しみくださるだろうと思いましたの」

もしそうではなかったとしても、ステラさまには王妃さまのお招きという切り札がありましたしね――そう言って笑うヘレンを見て、リュシーナはしみじみと思った。

彼女が自分の味方で、本当によかったと。

第六章　商人モードが破壊されました

夏も終わりに近づき、朝夕の風は少しずつ冷たくなってきた。

そんなある日、ティレル侯爵クリストファーから遠乗りの誘いを受けたハーシェスは、朝の早い時間に、約束の場所へ向かっていた。

ふと、先日受け取ったヘレンからの手紙の内容を思い返す。

誰かに見られたらいろいろとまずいことになるそれらは、読み終えるとすぐに焼却処分している。

今回受け取った手紙からは、珍しく彼女の戸惑いが感じられた。


このたびの旦那さまのお誘いには、私も少々驚いてしまいました。

現在、ティレル侯爵家におけるハーシェスさまの評価は、問題なく高水準を維持しております。

アルバートさまが側仕えの者に「ハーシェス殿のような兄上がいてくだされればよかったのに」とつぶやかれたことは旦那さまの耳にもお入れしましたし、今のところ悪感情を抱かれる要素は皆無であると保証させていただきます。

ここから折を見て、リュシーナさまとハーシェスさまの三度目の出会いを、ドラマティックにセッティングする予定でございました。ですが旦那さまのご意向が不明な以上、不測の事態が生じた場合に臨機応変《りんきおうへん》に対応するためにも、その計画は一時《いちじ》凍結させていただきます。次のご連絡をお待ちしております。

いくらヘレンであっても、当代クリストファーの意思ばかりは簡単に読み取れないようだ。何せクリストファーは、普段ほとんど屋敷にいないと聞いている。

ほかの貴族の家であれば、夫人の周囲から当主の情報を入手できるかもしれない。しかしティレル侯爵家では、それも難しそうだ。

なんでも夫妻は、完全なる政略結婚により結ばれた夫婦らしい。

侯爵夫人は模範的な淑女《しゅくじょ》の常として、夫の意見にまったく異を唱えることのない女性なのだとか。そして後継者のアルバートをもうけたあとは、侯爵と会話らしい会話もほとんどない状態だという。

事実、たびたび侯爵家を訪れているハーシェスだったが、夫人の姿を見たことは一度もない。

そういった割り切りのよさがなければ、大貴族の当主夫人を務められないのだろうか。

万年新婚夫婦な両親を目《ま》の当たりにしながら育てられた身としては、なんとなく寒いものを覚えてしまう。

（……いや、親父《おやじ》とおふくろの鬱陶《うっとう》しいきゃっきゃうふふが正しいとは言っていない。むしろ、弟妹《ちび》たちの教育上、ちょっとは遠慮してほしいところなんだけど）

はぁ、とため息を吐き、ハーシェスは意識を切り替える。

今重要なのは、クリストファーの真意である。

『たとえどんなに険《けわ》しい山だとしても、最初の一歩からこつこつと』をスローガンに、ハーシェスは地道な努力を続けてきた。その結果、ハーシェスの存在はなかなか好意的に受け入れられている。

アルバートも、すっかり自分に懐《なつ》いてくれた。

夏の休暇が終わってからは、休息日のたびに屋敷に戻ってきて、ハーシェスを招待してくれる。

そして学舎での出来事や新しくできた友人の話を嬉しそうに語ってくれるようになった。

なんでも、ハーシェスが贈った動物図鑑を寮の自室で眺めていたところ、同室の子どもたちが興味を持って話しかけてきたらしい。

……それまでアルバートに友人らしい友人がひとりもいなかったと知り、うっかり泣きそうになったのは、誰にも言えない秘密である。

晩夏の風が香る中、指定された時間よりも少し早く郊外の森にたどりついたハーシェスは、緊張しながら約束の相手を待つ。

(……おおぉー！　さすがは、侯爵さまのお馬さま！)

見事な青毛《あおげ》の馬に騎乗したクリストファーが、馬蹄《ばてい》を響かせながらやってきた。

躍動感溢《やくどうかんあふ》れる姿といい、堂々たる風格といい、彼の愛馬は間違いなく名馬と呼ばれるにふさわしいものだ。

思わず見惚《みと》れそうになったが、まずはクリストファーに挨拶《あいさつ》すべく、きっちりと礼を取る。

「おはようございます、侯爵」

「うむ。……バルロ種か」

彼は、馬に目がない人間なのかもしれない。ハーシェスの愛馬を見てつぶやいた声には、確かに感嘆の響きがまじっていた。

「はい。純血種ではありませんが」

「何？」

クリストファーは、コバルトブルーの目をわずかに瞠《みは》る。

ハーシェスは、穏やかな声で返した。

「このアリーンには、西の血が入っています。バルロ種の運動能力とスピードに加え、西の馬が誇るスタミナも備えております」

月毛《つきげ》の愛馬《アリーン》の首を軽く叩きながら言うと、クリストファーは「そうか」とうなずき、ふっと目を細めた。

「今まで雑種の馬に乗ったことはなかったが――雑種には雑種ならではの強みがあるということか」

「はい。ただ、純血種ほど従順な性質ではありませんので、主人と認めさせるには少々時間がかかりますね」

クリストファーが、はじめて唇の端に笑みらしきものを浮かべる。

「それはなかなか、愉快そうなことだな。――こちらだ。ついてきたまえ」

そう言うなり馬首《ばしゅ》を返したクリストファーのあとに、ハーシェスも続く。

ここは、貴族の遠乗りのために整備された森である。縦横に道が走り、そこを抜けた先にはぽっかりと開けた丘があった。

狩猟目的の森ではないせいか、時折、野生の獣《けもの》たちが道を横切る。

ほとんど手綱を操《あやつ》ることもなく馬を走らせていたクリストファーは、丘の中腹まで一気に駆けた。

徐々《じょじょ》に馬速を緩《ゆる》め、見晴らしのいい斜面で足を止める。

（……ふっ、できることならおっかない親父《おやじ》さんじゃなく、リュシーナさまと一緒に来たかったぜ）

思わずそんなことを考えて遠い目をしたくなるほど、そこから望む景色は素晴らしかった。

空の青、森の深緑。

ところどころできらきらと光っているのは、沼や小川の反射だろうか。

リュシーナは、横鞍《よこぐら》ならばひとりで馬に乗ることもできると聞いた。いつか必ず、彼女とともにこの景色を見に来よう。

「ハーシェスくん」

「はい」

謙虚《けんきょ》に真面目に誠実に――しかし、余裕がないようには決して見られないように。

そんな『デキる若手の商人モード』になったハーシェスの顔に、クリストファーはひたりと視線を据《す》える。

一瞬、息が詰まった。

（あ……っぶねー……）

――危《あや》うく、呑まれるところだった。

ぐっと腹に力を込め、相手の視線を穏やかに受け止める。

「どうされましたか？　侯爵」

商談の席で使う声音で、慎重に問う。

するとクリストファーは、ゆっくりと口を開いた。

「きみは、半年後に騎士団を辞する予定だそうだな」

相変わらずの、ずしりと響く重い声。

「はい。そうです」

「そうか。――ハーシェス・ラン。二十三歳。次席で騎士養成学院を卒業後、王都第三騎士団に配属。順調に実績を重ね、将来の幹部候補と目《もく》されるも、昇格試験は一度も受験せず。実家のラン商会を継ぐため、四年の勤務義務期間終了後は退団予定。すでにいくつかの外交ルートを独自に確保しており、近隣諸国の言語に精通している。騎士団内部における人間関係は、一部の貴族至上主義者たちを除き、非常に良好。特にヴィンセント公爵家次男、ラルフ・ヴィンセント殿とは学生時代からかなり親しい間柄にある模様。……何か、付け加えることはあるかね？」

突然、己の経歴をずらずら並べられたハーシェスは、ふっと息を吐いてから、やんわりと笑みを浮かべた。

(こ……っえええぇぇぇー！　もしかして、いや、もしかしなくても、大切な跡取り息子に近づいて屋敷に入り浸ってる、平民出の怪《あや》しい若造の身上調査をしてみたということですかッ!?　やっぱり胡散臭《うさんくさ》かったですか、そうですか。けどご存じの通り、オレは金に困っておりませんので、せめて詐欺師《さぎし》疑惑だけは可能性から排除しておいてください！）

内心で絶叫していることなどおくびにも出さず、ハーシェスは「いいえ」と首を振る。

「ただ、ひとつ付け加えさせていただくなら、このところはアルバートさまに異国の言葉をお教えする、家庭教師役も務めさせていただいておりますね」

「ふむ。私はきみに、給料を支払うべきなのかな？」

片眉を上げたクリストファーに、ハーシェスは淡々と答えた。

「ご冗談を。アルバートさまとは、年は少々離れておりますが、よき友人であると思っております。大切な友人のささやかな頼みごとで金を取るほど、私は卑《いや》しい人間ではないつもりです」

「……なるほど」

何かを確かめるように何度かうなずいたクリストファーは、それから再び感情の読めない目でハーシェスを見据《みす》える。

「ところできみは、同性愛者なのだろうか」

（……へ？）

ハーシェスは、目を丸くした。

今、自分の耳は一体何を聞いたのだろうか。

頭の中でクリストファーの言葉をリピートしてみたものの、うまく意味を理解できない。

ハーシェスが呆気に取られていると、クリストファーは淡々と続けた。

「きみの学生時代からの経歴をどれだけ調べても、――いわゆる女性関係が、あまりにもきれいすぎるものでね。いや、多感な思春期の頃から男ばかりの空間で過ごしていれば、さほど珍しい話でもない。ラルフ殿の美貌《びぼう》は、そのあたりの女性が裸足《はだし》で逃げ出すようなものだしな。だが、そういった感情は、若さゆえの一時的《いちじてき》な勘違いということも――」

「お言葉を遮《さえぎ》るご無礼をお許しください、侯爵。自分が学生時代から特定の女性とのおつきあいがなかったのは、単にラン家の仕事と騎士団の仕事を両立するだけで精一杯で、そのようなことに割《さ》く時間も気力も余力もなかっただけなのです。何より、ラルフとは今も昔も親しいつきあいを続けておりますが、あくまでも友情であって、それ以上でもそれ以下でもそれ以外でもございません。どこの誰がそのようなことを口にしていたのか、ぜひとも教えていただけないでしょうか。今すぐ、その者たちに決闘を申し込みにまいります」

据《す》わった目をしたハーシェスは、ひと息でそう言いきった。

クリストファーは、しばしの間こちらを見つめてくる。

「――なかなか、立派な肺活量《はいかつりょう》だな」

「お褒《ほ》めにあずかり、光栄です」

クリストファーは右手で顎《あご》に触れると、「ふむ」と軽く首を捻《ひね》る。

「いや。今の話は、私の手の者が言っていた憶測だ。彼らには、あとできつく言っておく。決闘を申し込むのは、やめておいてくれたまえ」

「……わかりました。今後はくれぐれもおかしな推測をなさらないよう、どうぞよろしくお伝えください」

ものの見事に、冷静沈着《れいせいちんちゃく》な商売人モードを破壊されたハーシェスは、きつく拳《こぶし》を握りしめた。

（く……っ、まさかこんな不意打ちを仕掛けてくるとは……ッ）

己の未熟さに打ち震えているハーシェスだが、クリストファーは何事もなかったかのように口を開く。

「では、単刀直入に言おう。――ハーシェスくん。私の娘を、きみの妻に迎えてはくれないかね」

（…………はいぃ？）

今度こそ、ハーシェスの頭は真っ白になった。

「――きみも知っての通り、娘は少々難しい状況に置かれている。持参金の額をつり上げれば、そこそこの相手と添わせることは可能だろう。だが、かつての婚約者の裏切りでひどく傷ついている今の娘に、そんな無意味極まりない結婚を押しつけたくはないのだよ」

完全に硬直しているハーシェスに、クリストファーはまるで他愛ない世間話か何かのように、さらさらと告げる。

「親の私が言うのもなんだが、リュシーナは器量のいい娘だ。どこに出しても恥ずかしくないだけの教養も身につけさせている。――トゥエン伯爵家のダニエルならば、いろいろな点で都合がいいと思っていたのだがな。結婚前から別の女性にうつつを抜かすような輩《やから》に、大切に育てた娘を嫁《とつ》がせる気はない」

そりゃあそうですね、とまだどこか呆けた頭でうなずく。

「娘はいずれ家庭教師になり、ひとりで生きていくなどと言っている。しかしあの子のような容姿の娘がそんなことをしてみたまえ。あっという間にどこかの下劣《げれつ》な男が物陰に引っ張りこみ、体《てい》のいい愛人にしてしまうだけだ」

「……っ！」

あり得ない未来だとわかっていても、瞬時に頭が沸騰《ふっとう》する。

そんなハーシェスに、クリストファーは淡々と続けた。

「ハーシェスくん。私は、商売にはさほど明るくない。だが、ラン家ほど大きな商売を営《いとな》んでいる家であれば、妻となる女性に求めるものは、貴族の家とさほど変わらないのではないかね」

「……そう、ですね」

「あの子が、欲しくはないか。おそらく娘は、きみが妻に求めるものすべてを備えている。美貌《びぼう》も、教養も、純潔も——そしてあの子を慕う未来のティレル侯爵も、きみにはずいぶん懐《なつ》いているだろう。決して、悪い話ではないと思うのだがな」

ハーシェスは、ぐっと奥歯を噛《か》みしめた。

これは、取引だ。

クリストファーが提示した商品は、娘のリュシーナ。

ならば、彼が求める対価はなんだ。

落ち着け。思考を止めるな。考えろ。

無意識に目を細め、先ほどから一度も揺らぐことなくこちらを見ているコバルトブルーの瞳を見返す。

だが――

（……畜生《ちくしょう》）

――読めない。何も。

今の自分がリュシーナを娶《めと》ったところで、クリストファーが得るものなど何もない。

だからこそ、彼女と結ばれるために、どこまでも地道な手段を選んだのだ。

うまい話には、必ず裏がある。その裏をどこまで読み取ることができるかが、優《すぐ》れた商人に求められる資質のひとつだ。

なのに――わからない。

自分が、どう動けばいいのか。

この場面で、何が最も正しい選択なのか。

ぐっと唇を噛《か》みしめるハーシェスに、クリストファーは静かに問いかけた。

「考える時間が必要かね」

「……はい」

忸怩《じくじ》たる思いで声を押し出す。

そうか、とクリストファーがうなずいた。

「まぁ、いきなりこんなことを言われても、きみだって困るばかりだろう。――あぁ、そうだ。これも言っておかなければ、フェアではないな。娘はかつての婚約者の裏切りのせいで、どうやら男嫌いというやつになってしまったようでね」

「……は？」

思わず顔を上げたハーシェスに、クリストファーは眉ひとつ動かすことなく言った。

「だから、もしきみがこの話を受けてくれたとしても、きみ自身に娘を口説《くど》いてもらわなければならない。娘に命じてきみとともに祭壇の前に立たせるのは簡単だが、娘が妻として正しくきみに尽くすかどうかはわからない」

「……はぁ」

いいえ、アナタの娘さんは、オレの役に立つスキルを身につけられるよう、現在進行形でがんばってくださっているはずです――などと、もちろん言うわけにはいかない。

「美しいだけの人形のような妻など、きみにとってはなんの利益もないだろう。ただ、娘は少なくとも、あの折に世話になったきみにだけは嫌悪感を抱いていないようだ。おまけにきみは、見目もいい。若い娘は、きみのような姿の男を好むものだ。決して分《ぶ》の悪い賭けではないと思う」

そう言って、クリストファーはただまっすぐにハーシェスを見つめた。

（えぇ……と……？）

ハーシェスは、ぎこちなく持ち上げた手で額《ひたい》に触れる。

……なんだか、ものすごく頭が混乱している。

クリストファーの真意とハーシェスの思考には、圧倒的なズレがあるように感じられた。しかし、そのズレの正体がわからない。

「……侯爵」

「なんだね」

ハーシェスは、潔《いさぎよ》く敗北を認めることにした。

呼吸を整え、ゆっくりと口を開く。

「もし——私がお嬢さまを妻に迎えることになったなら、侯爵が私に求めるものはなんですか？」

ストレートすぎるその問いに、クリストファーは、はじめて考えるような素振りを見せた。

眼下に広がる景色に目をやり、おもむろに口を開く。

「貴族の家に生まれた者にとって、婚姻とは他家との繋がりを強める手段でしかない。我々は、領民たちの生活を守るために生きている。我々が彼らよりも恵まれた生活をしているのは、それだけの責任を果たしているからだ。その矜持《きょうじ》なくしては貴族たりえぬ。……だがな」

ふっと、灰色の目がわずかに細められる。

「娘が泣きながらダニエルと結婚したくないと訴えたとき、私はひどく動揺してしまったのだよ。自分の娘の涙ひとつ止めてやれないような者に、他人を守る資格などあるものなのだろうか、とね。領民たちを守るための人生は、私の誇りだ。そのことは、生涯変わらぬ。だが、領民たちはたとえ私以外の者が庇護《ひご》者《しゃ》となったとしても、さして問題なく生きていけるだろう。彼らは貴族などより、ずっと逞《たくま》しいからな」

重々しい声と言葉に、ハーシェスはごくりと唾を呑みこむ。

クリストファーは、変わらず景色を見つめながら続けた。

「今の娘を守ってやれるのは、私だけだ。だが私は必ず、娘よりも先に死ぬ。だから今のうちに、彼女を生涯守ってくれる夫を見つけてやらねばならないと思った。――私がきみに望むのは、それだけだ。生涯、娘を守ってほしい。この国の貴族社会は、娘がひとりで生きていくには……あまりにも、危険すぎるのだ」

息が、詰まる。

――取引などでは、なかった。

これはあまりにも率直な……娘を守りたいという、父親の願い。

ハーシェスは、からからに渇いた喉《のど》からどうにか声を絞り出した。

「なぜ……私、なのですか」

彼ほどの人脈を持つ人物ならば、ハーシェスよりも条件のいい男などいくらでも見つけられるはずだ。

クリストファーは、あっさりと答える。

「きみならば、娘を娶《めと》ることに正しく価値を見出せると思ったからだ。私は、娘の教育に妻を関わらせなかった。古い貴族の慣習に縛られたままの、夫の言うことに一切逆らわないような女性には育てたくなかったのだよ。これから、我々の社会は変わる。平民でありながら騎士となったきみの存在が、それを証明している。……だが、王宮内で大きな発言権を持つトゥエン伯爵家は、いまだに古い考えに縛られている。だからこそ、私はリュシーナを嫁《とつ》がせようと思った。あの家を、内側から変えてもらうために」

それは叶わなくなってしまったがな、とクリストファーは苦笑を滲《にじ》ませた。

「さて。質問に答えたところで、あらためて聞かせてもらおうか。――私の娘が、欲しくはないか？　ハーシェス・ラン。それとも、やはりもっと時間が必要かな」

「……平民の私に嫁《とつ》いだとなっては、お嬢さまがいわれのない非難の的《まと》になりましょう。それでも構わないとおっしゃるのですか」

クリストファーは、くっと唇の端を持ち上げた。

「きみから見た私の娘は、それほど弱々しい子だったかね？」

そんなことはない。

氷の妖精のように儚《はかな》げな美しさを持つリュシーナは、その内面に、ハーシェスが驚くような芯の強さをも備えている。

「……望みたまえ。あの子はきっと、きみの世界を変えてくれる」

世界ならば、もう変わった。

あの日、はじめてリュシーナに出会ったあのときに。

だが、それより――

（侯爵……。あなたは、お子さまたちとのコミュニケーションが、絶望的なまでに足りていないと思います……）

ハーシェスは思わず、遠いお空を眺めてしまった。

ヘレンの手紙から察するに、リュシーナはクリストファーに対して、『融通の利かない典型的な貴族の父親』程度の認識しか持っていないように思う。

アルバートなど、父親から一言「励め」と言われただけでびっくりするような、心の距離感だ。

「……もうひとつ、お尋ねしてもよろしいでしょうか」

「ああ。なんだね？」

「アルバートさまは、なぜあれほど姉君を慕っていらっしゃるのでしょうか。あのご様子は、まるで――」

言葉をためらったハーシェスに、クリストファーはわずかに目を細める。

「母親を慕う幼子《おさなご》のようだと？」

「――はい」

クリストファーは、ひどく苦そうにふっと息を吐いた。

「……アルバートが、七歳のときだ。妻とアルバートの乗っていた馬車が暴漢《ぼうかん》どもに襲われてな。馬車は、妻の友人の屋敷に向かっているところだった。そのときの傷が原因で、あれは騎士になることができなくなった。――それがわかったとき、妻は子どもたちのいる前でこう言ったのだよ。『申し訳ありませんでした、旦那さま。アルバートがこんなことになってしまった以上、新しい侯爵家の後継者をもうけなければなりませんね』と」

「な……っ」

愕然《がくぜん》としたハーシェスに、クリストファーは静かな目を向ける。

「そのとき、リュシーナが妻にティーポットを投げつけてな」

「ティ、ティーポット？」

うむ、とクリストファーはうなずいた。

「銀製の大きなティーポットでね。中身がほとんど空だったとはいえ、九歳の子どもにはかなり重いものだったろうに、見事に妻に命中したよ。それから一体どこでそんな言葉を覚えてきたのか、泣きじゃくりながらとてつもない勢いで妻を罵倒《ばとう》してね。この家の跡継ぎはアルバートだけだ、もう顔も見たくないと宣言した。以来、ふたりとも妻と一度も顔を合わせていないはずだ」

侯爵夫人の人でなし加減にもびっくりだが、リュシーナの有言実行っぷりにもびっくりだ。

……彼女が母親にぶつけた罵詈雑言《ばりぞうごん》の出所は、どこかの有能すぎるメイド少女に違いない。

「その日から、アルバートはリュシーナをひどく慕うようになった。ほかの人間には、まるで目をくれる様子もなかったのだが――きみが我が家に来るようになって、少し変わったようだな」

「……あの、侯爵」

なんだ、と視線だけで返してくるクリストファーに、ハーシェスはぼそぼそと歯切れ悪く問いかける。

「失礼ですが……。ひょっとして、アルバートさまが騎士になれないことで余計な負い目を持たれたりしないよう、極力彼とはそういった話をされないようにしていらっしゃいました、か……？」

「当たり前だろう」

即答された。

しかもクリストファーは、なんでそんなわかりきったことを聞くのだ、みたいな顔をする。

ハーシェスは、再び遠いお空を眺めた。

（うん……親子だろうとなんだろうと、言わなくても通じるなんてことはないんだよな……。会話の大切さを、あらためて教えてくださってありがとうございます、侯爵）

それから少し考えたあと、ハーシェスはゆっくりとクリストファーに向き直った。

「お嬢さまに……おつきあいを申し込む許可を、いただけますか」

「よかろう」

当然のように与えられた許可が現実のものなのか、いまいち信じられない。

「……ありがとう、ございます。侯爵」

「うむ。健闘を祈る」

「……はい」

なぜだろう。

嬉しいのだが——今までの人生で最良の瞬間だと断言しても構わないほど嬉しくてたまらないのだが、どうにも心から喜べない感じがする。

丘に吹く爽《さわ》やかな風は、ハーシェスの髪を柔らかく揺らしていく。

（綿密な計画を立てていたというのに、あっさり目的が達成されてしまった……リュシーナさまとヘレンさんとアルバートさまに、どう説明しよう）

ハーシェスは、そっと息を吐いた。

第七章　正しい恋のススメ？

「……リュシーナさま。こうして、あなたとふたりきりで語らうことができるとは。まるで、夢を見ているようです」

甘い熱を宿した深い濃紺の瞳が、ただまっすぐ自分を見つめている。

リュシーナは、あっという間に全力疾走をはじめてしまいそうな心臓をどうにか宥《なだ》めながら、ぎこちなくうなずいた。

「……はい。ハーシェスさま。わたしもです」

「リュシーナさま……」

――もしこの場面に出くわした者がいたなら、ささっと物陰に身を潜《ひそ》めて、彼らの様子をのぞき見しただろう。あるいはユデダコのように真っ赤になり、夕日を求めて走り出すか、「ホワチャアアア――ッ!!」と叫んで彼らの間に箒《ほうき》を叩きこむか。もしかしたら、ふたつの選択肢に葛藤《かっとう》しまくった挙げ句、黙って回れ右をして立ち去っていたかもしれない。

だが幸いなことに、現在ティレル侯爵家の庭園奥に設《しつら》えられた東屋《あずまや》にいるのは、ハーシェスとリュシーナだけである。

数日前の午後、ハーシェスから緊急連絡と封筒に書かれた手紙が送られてきた。

その手紙に目を通したとき、リュシーナは便箋《びんせん》に並ぶ文字の意味を上手く認識することができなかった。

仕方なく、ヘレンに読解してもらおうと手紙を渡したのだが――

八秒後、彼女は「はあああぁぁあ!?」というひっくり返った大声を上げた。天変地異《てんぺんちい》の前触れかと思った。

リュシーナは、父親のクリストファーのことを、子どもたちにまったく無関心な人物だと思っていた。いくら忙しい立場にあるとはいえ、せめて跡継ぎであるアルバートには、もう少しくらい言葉なり時間なりをかけるべきではないかと。

アルバートが騎士養成学院に入学したがっていたのも、父の選んだ学舎で優秀な成績をおさめるべく必死に努力しているのも、すべては父親に自分を認めてもらいたいと願っているからだ。

しかしクリストファーは、リュシーナやアルバートのことを、気にかけていたという。

リュシーナは、なんとも言いがたいやるせなさに、なかなか現実を受け入れられなかった。

一方、ヘレンは非常に頭の切り替えが早かった。

事態を了解した旨《むね》を伝える手紙を素早くしたため、前提条件の再度の変更にどう対応すべきかを素晴らしい速度で検討し、最も適切と思われるプランに基づいて、即座に行動を開始したのである。

クリストファーのゴーサインが出た以上、ティレル侯爵家における障害はすべてクリアされた。

そしてリュシーナは今のところ、なんの落ち度もないのに婚約者に捨てられた悲劇の令嬢として、女性たちの同情を一身に集めている。

ここでヘレンは、いきなりゴールに飛びつくよりも、『数々の困難を乗り越えて結ばれた身分違いの恋っ！』を演出し、貴族階級の女性たちの反感を少しでも減らしておくべきだと言った。

もともと『身分違いの恋』というのは、貴族階級の女性なら誰しも一度は憧れるシチュエーションである。

とはいえ、普通そんな恋に走ったところで、彼女たちが幸せな結末を迎えられることなど非常に稀《まれ》だ。

貴族の女性は、華やかで贅沢《ぜいたく》な生活に慣れ切っている。平民の男性に嫁《とつ》いだとして、いずれは価値観の違いから、互いの間にどうしようもない溝《みぞ》が生じてしまうだろう。

少しでも世間を知った女性なら、誰でもそれを理解している。もし現実に身分違いの恋に溺れている令嬢を見つけたとして、「やめておきなさいな」と忠告するか「まったく、愚《おろ》かな方ですこと」と冷笑するに違いない。

だが、ハーシェスは平民とはいえ、貴族階級の集まりにも参加できる騎士の資格を持っている。ヴィンセント公爵家の次男、ラルフ・ヴィンセントと親しい間柄であることも知られている。

そして何より――

「女性というのは、見目麗《みめうるわ》しい殿方のなさることであれば、大概の問題や矛盾や欠点は、きれいになかったことにしてくれるものでございましょう？　俗に言う『ただし、美男子に限る』というやつですわ。幸いハーシェスさまは、大抵の女性がうっとり見惚《みと》れてくださるような容姿でいらっしゃいます。今後はあの麗《うるわ》しいお顔に傷などつけられないよう、くれぐれも注意していただかなければなりませんね」

――そんな身も蓋《ふた》もない女性の真実に、リュシーナとハーシェスは至極《しごく》納得した。

そして現在、ふたりは『婚約者に裏切られたため若干《じゃっかん》男嫌いになってしまった傷心のお嬢さまと、彼女に心惹かれながらも身分の違いに悩む若者』ごっこを展開中だった。

目指すところは、貴族女性がちょっぴり羨《うらや》ましいと思いながらもついつい応援したくなる、初々《ういうい》しい恋人同士である。

今のところ、リュシーナがハーシェスと会えるのは侯爵家の屋敷内だけだ。

しかしハーシェスとの逢瀬《おうせ》のたびに、ヘレンが使用人仲間たちとともに、あちこちでその様子をしゃべりまくってくれている。

彼が侯爵家を訪問するときに会う相手がアルバートだけではなくなっているという話は、徐々《じょじょ》に世間に広まりつつあるようだ。

その広がり具合を慎重に見極めたヘレンの計らいにより、本日は、使用人の目の届きにくい屋敷の外――庭園にて会うことを許された。

ようやく――本当にようやく、ハーシェスと自由に話せるようになった。

はじめて彼と会った日に、「次に会うときまで」と約束して預かった懐中時計。

再会だけならば、とうに果たしていた。しかし周囲には多くの使用人の目があり、ふたりは『貴族令嬢』と『恩人の騎士』としてしか顔を合わせることができなかった。

だから、本当の意味での再会は、今日このときだ。

先ほど、震えそうになる手で懐中時計を彼に返した。ずっとお守りのように思っていたそれを手放すことに、寂しさや不安を少しも感じなかったと言ったら嘘になる。けれど、これからは懐中時計ではなく、彼自身がそばにいてくれる。

リュシーナの預けた耳飾りは、ビロード張りの小箱に丁寧におさめられていた。ハーシェスが大切にしてくれていたことが伝わってきて、リュシーナは心からの笑みを浮かべた。

するとハーシェスも、とろけるような微笑を返してくれたのだが——

そのあたりから、リュシーナの心臓は、持ち主の懇願《こんがん》などまったく無視して、とんでもない勢いで走り続けている。

(うぅ……っ。心臓さん！　お願いだから、もう少しだけ落ち着いてくれないかしら。こうしてハーシェスさまとふたりきりでお話しできて、きゅんきゅん跳ね回りたくなってしまう気持ちは、とってもとってもよくわかるわ。けれど、そのせいで寿命が縮まってしまうのは、あんまりいいことではないと思うのよ？)

ほんの少し手を伸ばせば、すぐ彼に触れることができる。そんな至近距離でこちらを見つめてくるハーシェスの瞳に、自分はどんなふうに映っているのだろう。

リュシーナはハーシェスと会える日には、いつもクローゼットや宝石箱をひっくり返した。

しかしどれだけ時間をかけて準備をしても、彼に見つめられると、どこかおかしなところはないだろうか、このドレスには別のアクセサリーのほうがよかったんじゃないか、と不安ばかりが湧いてくる。

ハーシェスは、柔らかな声でゆっくりと言った。

「いきなりこのようなことになって、さぞ驚かれたのではありませんか」

耳に心地よい彼の声に、どきどきと走っていた心臓が少しだけ落ち着く。

リュシーナは、こくりとうなずいた。

ゆっくりと深呼吸をしてから、口を開く。

「はい。まさか父が、ハーシェスさまにわたしを嫁《とつ》がせようとするだなんて。ヘレンでさえ、まったく想像しておりませんでしたもの。彼女のあんな素《す》っ頓狂《とんきょう》な声、はじめて聞きました」

そう言うと、ハーシェスが驚いた顔になる。

彼がヘレンの人となりを正確に理解しつつあるとわかり、リュシーナはとっても嬉しくなった。

ハーシェスは、気を取り直すように一度目を伏せてから、穏やかな声で先を続ける。

「侯爵のご意向は、お手紙の中で申し上げた通りです。あれから、何か父君とお話しになりましたか？」

――娘を生涯守ってほしい。

クリストファーはハーシェスにそう告げたのだと、彼の手紙には書いてあった。

とてもすぐに信じることはできなくて、けれどハーシェスがそんな偽《いつわ》りを書くはずもないから、信じるしかなくて――

一方、父の本心を知り、リュシーナはわずかながらも嬉しさを感じていた。

ゆっくりと首を振り、ハーシェスの問いに答える。

「いいえ。父はこのところとても忙しいらしく、たまに屋敷に帰ってきても、書類の山に埋もれているような状態ですの。残念ながら、ゆっくりと話す時間は取れないようです」

もしかしたら、自分が父との面会を強く望めば、叶ったのかもしれない。

けれどリュシーナは、今まで一度もクリストファーに何かを望んだことなどなかった。

リュシーナにとっての彼は、いまだ『厳しくてなんだか怖そうな人』であり、気軽に話をしたいと望めるような相手ではない。

今後、アルバートが父親ときちんと会話できるようになるためにも、本来、姉の自分が先陣を切らなければならないと思う。

なのに、どうやってそのきっかけを作ればいいのかわからない。

そんなリュシーナに、ハーシェスは、ふと思いついたように言った。

「リュシーナさま。もしよろしければ、侯爵に何かお料理を作って差し上げてはいかがでしょう？」

「お料理……ですか？」

「お料理といっても、書類仕事をしながらでもつまむことのできる、軽いものです。私の母は、よく父の書斎にそういったものを差し入れておりましたよ」

リュシーナはときめいた。

（あぁ……っ、ハーシェスさま！　それはいずれわたしがハーシェスさまの妻になったら、お仕事中に差し入れをお持ちしてもよろしいということなのですね!?　了解いたしました、そういった軽食もきちんと作ることができるよう、精進してまいります！　父の食事は我が家自慢の料理人たちが腕を振るったものです。そんな舌の肥《こ》えた父が私の料理を問題なく食べたなら、きっとハーシェスさまにも喜んでいただけますわよね！）

……恋する乙女《リュシーナ》には、身内という字が試食係と読めるらしい。これは、どこの家庭でも起こりうる世界共通の事象である。

「わかりました。ヘレンに相談して、何か作ってみようと思います」

「きっと、お喜びになってくださいますよ」

自分たちと父との関係にまで気を遣《つか》い、こうして温かく励ましてくれるハーシェスは、本当になんて優しい人なんだろう。

嬉しくてたまらなくなり、その気持ちは笑顔となって溢《あふ》れ出た。

「ありがとうございます。ハーシェスさま。今までずっと、父は遠いばかりの人だったのですけれど……。父がわたしたちのことを大切に思っていると知り、とても嬉しいのです」

「……はい。侯爵は、リュシーナさまのこともアルバートさまのことも、とても大切に思っていらっしゃいますよ」

それまで浮《うわ》ついていた気持ちが、ふっと鎮《しず》まった。

ハーシェスの口からアルバートの名を聞き、頭をよぎったことがある。

「ハーシェスさまは、あの子の腕のことをご存じなのですよね……？」

その問いに、ハーシェスは少し迷ったあと、はっきりとうなずいた。

「ええ。それから——母君のことも、侯爵に聞き及んでおります」

「……そうですか」

リュシーナは、きゅっと手を握りしめた。

当時のことを思い出すだけで、胸の奥がひどく軋《きし》む。

「あの子の心は、一度母に壊されてしまいました。とても恐ろしい思いをして、ひどい怪我をして――そんな一番辛いときに、母親に存在そのものを否定されたのです。一時期《いちじき》は耳も聞こえず、言葉を話すこともできなくなって……。あの子が本当に死んでしまうのではないのかと、毎日怖くてたまりませんでした」

「リュシーナさま……」

アルバートと母が暴漢《ぼうかん》に襲われたとき、狭い馬車の中で一体何があったのかはわからない。けれど幼いアルバートが一生消えることのない傷を負ってしまったのに、母はかすり傷ひとつなかった。

……母は、アルバートを守らなかったのだ。

これまで、母以上に誰かを憎いと思ったことはない。

けれど――

「そんなあの子が、今ではとても嬉しそうにハーシェスさまに教わったことを語ってくれるようになりました。……本当に、ありがとうございます」

――自分には取り戻すことのできなかったアルバートの笑顔を、ハーシェスはあっという間に取り戻してくれた。

まるで、魔法のようだと思った。本当に、どれほど感謝したって足りない。

ハーシェスはゆっくりと首を振る。

「……いいえ。アルバートさまにお礼を申し上げなければならないのは、こちらのほうです。こうして、リュシーナさまと再びお会いできるチャンスをくださったのですから」

そう言って笑ったハーシェスの瞳があまりにきれいで、リュシーナは息が止まりそうになった。

「いつか、南の海にまいりましょう、リュシーナさま。もちろん、アルバートさまもご一緒に。あなたがたに、あの美しい景色をぜひ見せて差し上げたい」

甘く囁《ささや》くような声でそう告げられたリュシーナは、気が遠くなった。ひょっとしたらこの人は、自分の寿命を縮めるために、わざとこんなことを言っているのじゃないだろうか。

（く……っ、今ここでわたしが死んだら、死因はハーシェスさまにときめかされすぎたせいだと思います……！）

どうにか笑みを浮かべて、声が上ずらないように気をつけながら口を開く。

「まぁ……それでは今のうちに、南の国の言葉も身につけておかなければなりませんね？」

「アルバートさまとご一緒に学ばれれば、すぐに上達されますよ」

「……はい。がんばります。アルバートと、一緒に」

嬉しくてたまらないのに、胸が苦しい。

苦しくて辛いのに、やっぱり嬉しい。

泣きたいのか笑いたいのかさえ、わからなくなる。

レディに相応《ふさわ》しい振る舞いもマナーもすべて忘れ、ただこの気持ちをそのまま言葉にしたいと思う。

もどかしく、どうしていいかわからなくなったリュシーナの指先に、温かな彼の指先が触れた。

リュシーナは、思わず目を瞠《みは》る。

「リュシーナさま。……愛しています」

心臓が――

「……ハーシェスさま……」

本当に、壊れそうだ。

「これからどんなことがあろうと、私があなたを守ります。ですから、どうか……笑っていてください。あなたを守り、あなたの望みを叶えることが私の生涯の喜びなのです」

「は……い……」

彼の顔をそれ以上見ていられなくて、目を伏せる。

頬が燃えるように熱い。

自分でも顔が真っ赤になっているのがわかった。

パニックを起こしかけている頭で、リュシーナは、この場にいない乳姉妹《ちきょうだい》に助けを求める。

そういえばヘレンは先日、男性とおつきあいをするときの心構えを語ってくれた。

(えぇと、えぇと、確か……っ)

「よろしいですか？　殿方というのは、いくら大きく立派なお体をお持ちでも、それに比例して図太く逞《たくま》しい神経を持たれているわけではないのです。特に恋しい女性を前にした殿方は、ときに驚くほど繊細で傷つきやすい、非常に扱いづらいイキモノになってしまうのですわ。さらに世の中には、熱しやすく冷めやすい心をお持ちの殿方もいらっしゃいます。ハーシェスさまがどういったお心の持ち主であるか、今の段階では、まだなんとも申し上げることができません。ですが今後もハーシェスさまに想い続けていただきたいのでしたら、リュシーナさまにもそれなりの覚悟と努力が必要でございます。男女の関係というのは、一方通行では決して成り立たないのです。まずは、ハーシェスさまのお言葉にきちんと耳を傾《かたむ》けて、誠意をもってしっかりとお答えになること。それがすべての基本です」

ふと、彼女の指先に触れていたぬくもりが遠ざかる。

反射的に顔を上げると、ハーシェスがひどく複雑そうな表情を浮かべていた。

リュシーナは、さぁっと血の気が引くのを感じる。

もしや自分の情けない返答が、彼を不快にさせてしまったのでは――

そう思ったとき、ハーシェスが柔らかな笑みを浮かべた。

「申し訳ありません。驚かせてしまいましたね」

……どうやら、ハーシェスは怒っているわけではないらしい。

いつも通りの優しい笑顔に、ほっとする。

「あ……い、え。大丈夫、です」

どうにか彼に笑みを返しながら、リュシーナは思った。

男性とのおつきあいというのは、常に命がけの真剣勝負なのだな、と。


——しかし、リュシーナは知らない。

ヘレンがハーシェスに、『女性がうっとりする男性の素敵な行動ベスト100』『女性がうんざりする男性の勘違い行動ワースト100』なるものを送っていたことを。そしてハーシェスは、女性の本音が赤裸々に綴《つづ》られたそれを、文字が掠《かす》れるほど何度も読みこんでいたのである。


よろしいですか？　男性の生々《なまなま》しい下心ほど、無垢《むく》な女性を怯《おび》えさせるものはございません。

いやよいやよも好きのうち、などというのは、世の男性が最も陥《おちい》りがちな痛々しい勘違い——己の下半身の暴走を正当化するための、阿呆《あほう》らしい戯言《たわごと》でございます。

そのような妄言《もうげん》を信じて一度でもお相手を怯《おび》えさせてしまった場合、女性側の心の距離は取り返しがつかないほどに遠ざかるものでございます。

心から愛する方との距離をつつがなく縮めていきたいと思うのならば、絶対にそういった下心を悟られるようなことをなさってはいけません。


ヘレンの手紙は、リュシーナとの逢瀬《おうせ》に浮かれるハーシェスを冷静にさせた。『ヘイ、ユー！

ちょっと落ち着いて、リュシーナさまのご様子をうかがってみたほうがいいんじゃないかい？』と彼の肩を叩いてくれたのである。

◆　◇　◆

フィニッシング・スクールに入学した少女たちが真っ先に教えられるのは、『常に優雅であれ』という、レディとしての基本的な心構えである。

それを実践できている卒業生が、どれだけいるのかはわからない。

だが、もしその教えを完全に守ることのできるレディがいたなら、それは絶対恋をしたことのない女性に違いない、とリュシーナは思った。

「ハーシェスさま？　ご覧になってください、とても可愛らしいです」

子どものように声を弾ませ、リュシーナは『優雅さ』というものをちょっぴり忘れかけている。

現在、彼女はハーシェスと緑豊かな公園で楽しくデート中だ。

付き添いのヘレンは、ふたりのあとから歩いてくる。

リュシーナは、少し離れたところで追いかけっこをしている小さな動物たちを指差した。

くるくる回るように駆ける姿は、なんとも愛くるしい。

ハーシェスは、穏やかに笑ってうなずいてくれた。

（あぁ……っ、相変わらずとっても素敵な笑顔ですね、ハーシェスさま！　でもあんまりときめきすぎてによによ笑ってしまうと、ヘレンにあとで叱られてしまうのです。『何事もほどほどに』を合い言葉に、今日も一日がんばろうと思います！）

この緑地公園は、親子連れや若いカップルに人気のスポットである。

遊歩道から少し離れたところには、のんびりと二輪馬車を走らせて景色を楽しむための道も整備されている。洒落《しゃれ》た馬車に乗った何組もの男女が、心地よい風の中で楽しげに笑い合っていた。

また広々とした敷地のあちこちには、きちんと手入れされた木々が植えられ、その隙間を縫《ぬ》うように小道がある。そこをたどっていけば、季節の花々を植えたスペースが目を楽しませてくれた。

「……リュシーナさま。ご友人の方々は、私たちのことで何かおっしゃっていましたか？」

他愛のない会話の中で、ふとハーシェスが不安げにそう言った。

「お気遣《きづか》いありがとうございます、ハーシェスさま。でも、大丈夫ですわ。何人かのお友達とは疎遠になってしまいましたけれど、ほとんどの方々には応援していただけています」

「……そうですか」

ほっとした表情を浮かべたハーシェスは、足を止めると、リュシーナの手に自身の手をそっと重ねた。

「ご友人のみなさまに、どうぞお伝えください。私は決して、リュシーナさまを泣かせるようなことはいたしません。私にとって、リュシーナさまは唯一にして永遠の女性なのです。どうかご安心ください、と」

真摯《しんし》な声でまっすぐ告げられた言葉に、リュシーナは頬がぽっと熱くなった。

「ハーシェスさま……」

「私は、リュシーナさま以外の女性を欲しいと思ったことがないのです。もしあなたに出会うことがなかったら、私の人生は色褪《いろあ》せたものになっていたでしょう」

――本当に、どうして彼は、リュシーナの心臓を壊すようなことばかり言ってくれるのだろう。息が苦しくなるくらい嬉しくて、なのに泣きたくなるほど切なくて、ハーシェスが教えてくれるまで、リュシーナはこんな感情を知らなかった。

「私はもう、あなたのいない人生など考えることはできません。あなただけが、私の人生をこんなにも明るくしてくださるのですから」

「……ハーシェスさま。わたしは――」

自分でも何を言おうとしたのかわからないまま、リュシーナが口を開いたとき、すぐ近くで馬のいななきが聞こえた。

思わずそちらを見たリュシーナは、次の瞬間、ハーシェスの腕に抱き寄せられていた。

（ハ、ハーシェスさま……！　公共の場でこういった振る舞いはどうかと……！　あら、あそこにいるのは、ダニエルさまとジャネットさんではありませんか。せっかくの素敵な気分が台なしです）

ダニエル・トゥエンは二輪馬車の手綱を引き絞ったまま、愕然《がくぜん》とした様子でこちらを凝視している。彼は、ジャネット・エプスタイン男爵令嬢を伴っていた。

彼らが結婚を前提としたおつきあいをしているという噂は聞いているが、まだ正式な婚約には至っていなかったはずだ。

とはいえ、ジャネットが付き添いなしに堂々とダニエルと出歩いているところを見ると、それもさほど遠い未来の話ではないのだろう。もしかしたら、内々に話がまとまっているのかもしれない。

ダニエルは、彼の腕に触れて何か言っているジャネットを無視して馬車を降りた。

苛立《いらだ》たしげな顔をしたジャネットも、馬車から降りて小走りにダニエルへ駆け寄る。そして彼の腕に自分の腕を絡めると、リュシーナを睨《にら》みつけてきた。

リュシーナはうんざりし、吐き出しそうになった息をどうにか呑みこんだ。

(あなたがそうやってわたしを睨《にら》みつけたくなる気持ちは、わからなくもないですけれど)

人の婚約者を寝取っておきながら、そういう態度はいかがなものかと思う。周囲から白い目で見られたからといって、まるで被害者のような顔をしてこちらを責めないでほしい。

今さら顔を合わせたところで、お互い不快になるだけだ。それなのに、なぜ彼らはこちらに近づいてくるのだろう。

少し離れたところで足を止めたダニエルは、忌々《いまいま》しげにジャネットを見下ろした。

(……あら?)

少し意外に思いながら彼らの様子を眺めていると、ダニエルが不快げな表情でハーシェスを見る。

「——ティレル侯爵家も、落ちたものだな。まさか本当に、おまえのような平民に娘を下げ渡そうとするとは」

嘲《あざけ》るような口調だが、残念ながら声が上ずっている。

リュシーナは、なんだか気が抜けた。

とはいえ、リュシーナ個人を攻撃対象にするならいざ知らず、ティレル侯爵家を、さらにはハーシェスを侮辱《ぶじょく》するなど許せるはずがない。

リュシーナがどう言い返してやろうか考えている間に、ハーシェスはふっと目を細め、ゆっくりと口を開いた。

「トゥエン伯爵家も落ちたものだな。大事な跡取り殿が、自ら裏切った相手をさらに貶《おとし》めてまったく恥じないとは」

言葉を詰まらせたダニエルに、ハーシェスはにこりと笑う。

「そうやって、自分の価値を下げることばかり言わないほうがいい。阿呆《あほう》に見えるぞ」

かっとダニエルの顔に血が上った。何度か悔しげに唇を噛《か》んで、いっそう声を上ずらせる。

「……っリュシーナ！　きみは本当にそれでいいのか!?　こんな爵位も持たない、無礼極まりない低俗な平民に嫁《とつ》いで、身を落とすなんて――」

リュシーナは、喚《わめ》き散らすダニエルの言葉を遮《さえぎ》って答えた。

「トゥエンさま。わたしはあなたに、馴《な》れ馴《な》れしく名を呼ばれるいわれはございません。今後一切、そういった無礼な振る舞いはご遠慮願います」

できることなら、以前ヘレンに教えてもらった『下町で流行している罵詈雑言《ばりぞうごん》』を、覚えている限りぶつけてやりたかった。

だが、この場にはハーシェスがいる。

リュシーナは、彼の前ではできるだけ可愛い自分でありたいと思っている、恋する乙女なのだ。

「それから、ハーシェスさまは誰よりもお優しく、騎士の位《くらい》にふさわしい立派な方です。他人の信頼を裏切って恥じることもない下劣《げれつ》な方に、侮辱《ぶじょく》されてよい方ではありません。あなたに騎士としての誇りがかけらでも残っているなら、今すぐハーシェスさまに謝罪してください」

きっと睨《にら》みつけながら言ってやると、ダニエルの顔が強張《こわば》った。

ダニエルは、今まで『従順で模範的な貴族令嬢』としてしかリュシーナを見てこなかった。彼女が言い返してくるなど、思いもしなかったのだろう。

（ふふん、ちょっと気分がいいのです。ハーシェスさまはわたしの将来の旦那さまなのですから、ハーシェスさまの敵はわたしの敵なのです！　そして敵とは、二度とこちらに立ち向かってこないよう、徹底的に叩き潰すものなのです！）

貴族令嬢にあるまじき好戦的な気分で、リュシーナは、さぁ、どこからでもかかっていらっしゃい！　と構える。すると、それまでダニエルの腕にぶら下がっていたジャネットが、甲高《かんだか》い声を上げて笑った。

赤い紅《べに》を引いた唇を歪《ゆが》め、こちらを見下すような瞳を向けてくる。彼女のほうがダニエルよりもよほど肝《きも》が据《す》わっているのかもしれない。

「平民に謝罪しろですって？　ばかばかしい。――私はね、リュシーナ。あなたがダニエルさまと婚約するずっと前から、彼をお慕いしていたの。ダニエルさまも、私を受け入れてくださったわ。今、とっても幸せよ。あなたは、そちらの平民騎士と結婚されるのかしら？　おめでとう。未来の伯爵夫人たる私が、心から祝福して差し上げるわね」

ハーシェスの腕が、わずかに強張《こわば》る。

リュシーナはふわりと笑みを浮かべると、おっとり口を開いた。

「ありがとうございます。わたしもハーシェスさまのような誠実で素敵な方に求愛していただけて、とても幸せなんですの。トゥエンさまが誠実という言葉と程遠いところにいる男性であることは、ジャネットさんが一番よくご存じでしょうけれど、どうぞ末永くお幸せになってくださいね」

「……っ」

リュシーナだって、皮肉のひとつやふたつは言えるのである。

ふるふると肩を震わせたジャネットは、ダニエルの腕を掴む手に力を込めた。

「不愉快ですわ！　もうまいりましょう、ダニエルさま！　こんな方々と言葉を交わす意味なんてございません！」

勝手に突撃してきておいて、なんという言い草だろうか。

とはいえ、彼らが目の前から消えてくれるのなら、こちらとしても願ったり叶ったりである。

誰も引きとめたりしませんから、さっさとその馬車でどこか遠くに行ってくださいな、と思っていたのだが、なぜかダニエルは動かなかった。

縋《すが》るような目でリュシーナを見つめ、掠《かす》れた声で言う。

「きみは……オレのために、マフィンを焼いてくれたんだろう？　両親や使用人たちとだって、うまくやっていたそうじゃないか。今なら、まだ間に合う。きみほど伯爵夫人にふさわしい女性は、どこにもいない。だから……やり直そう。リュシーナ。それが一番幸せになれる方法だと、本当はきみだってわかっているはずだ」

なんだかまた、頭の悪いことを言い出した。

ダニエルの腕を掴んでいたジャネットは、みるみる蒼白になっていく。

――リュシーナは、ジャネットのことを好きではない。

自分の婚約者だった相手を寝取り、その後もこちらに謝罪するどころか、ことあるごとに敵意を見せてくるばかりの相手に、好意を抱く理由などあるわけがない。

だが今はそれ以上に、ダニエルの言動に腹が立った。

未婚の貴族令嬢と肌を重ねる――その意味を理解した上で、ダニエルはジャネットと閨《ねや》をともにしたはずだ。

何よりジャネットは、先ほどダニエルを庇《かば》った。

リュシーナと同じように、『将来の旦那さま』を守ろうとしたのだ。

なのにそのジャネットの目の前で、自ら捨てた婚約者に「やり直そう」などと口にするとは――一体、この男の頭と性根《しょうね》はどこまで腐りきっているのだろうか。

腸《はらわた》が煮えくりかえって仕方がないのに、不思議なくらい頭の芯はひんやりと冴《さ》えていた。

リュシーナはすぅ、と目を細めた。

「本当に、見下げ果てた方ですのね、トゥエンさま。よくもジャネットさんの前で、そのようなことをおっしゃいますこと。それに、馴《な》れ馴《な》れしく名を呼ぶ無礼は、今後一切ご遠慮願いますと申し上げたはずです。――あぁ、もっとはっきり申し上げなければご理解いただけませんか？」

リュシーナは、にこりとほほえんだ。

「わたしはあなたを、心の底から軽蔑《けいべつ》いたします。二度とわたしの前で、その口を開かないでくださいませ」

言いたいことを口にしてようやく落ち着いたリュシーナは、次の瞬間、思い切り固まった。

ハーシェスの前で、レディらしからぬ言葉を口にしてしまった。

「あの……ハーシェスさま……」

彼に愛想を尽かされてしまったらどうしよう。

怯《おび》えながら見上げると、ハーシェスは柔らかくほほえんでくれた。

（はう……っ）

リュシーナは、即座にその笑顔に悩殺された。

「少し、風が出てまいりましたね。そろそろ、お屋敷に戻りましょうか」

「……はい」

どうにか笑顔を返し、ハーシェスにエスコートされて、公園の馬車どまりまで戻る。

せっかくのデートを早めに切り上げなければならないのは残念だったけれど、これ以上あのふたりの顔を見ていたくなかった。

そうして馬車に乗り込んで扉を閉めた途端、それまでずっと黙っていたヘレンが突然、「ぐふっ」と不気味な笑みを零《こぼ》した。

ハーシェスは、思わずといった様子で体を引く。

ヘレンが、すちゃっと片手を上げて詫《わ》びる。

「失礼いたしました。あまりにも思い通りに事が運んだものですから、つい気が高ぶってしまいました」

リュシーナは微笑して問いかけた。

「まぁ、ヘレン。どういうことなの？」

「はい、リュシーナさま。実は先日、街中《まちなか》でトゥエン伯爵家に勤める方々とお会いした折に、今日こちらの公園にリュシーナさまたちが訪れると話しておいたのです。世間では今のところ、おふたりの交際は好意的に受け止められております。しかし、もう一押し何か欲しかったものですから。ダニエルさまが、リュシーナさまたちの逢瀬《おうせ》を耳にして、じっとしていられるとは思えませんでしたし」

そこでヘレンは、くすりと笑って肩を揺らす。

「けれど、ダニエルさまが開口一番に、ティレル侯爵家を侮辱《ぶじょく》されるとは思いませんでした」

リュシーナは、ヘレンの背後に、優雅に広がる漆黒《しっこく》の翼を見た気がした。

きっと明日、ダニエルが吐いた暴言は、大勢の人々の知るところとなっているだろう。

「おまけに、ジャネットさままであのようなことを。伯爵夫人の座を手に入れられるとあって、すっかり気分が浮《うわ》ついてしまわれたのでしょうね。まぁ、世間でリュシーナさまへの同情の声が大きくなるたび、自業自得とはいえ、さぞご不快な思いをされていたことでしょう。その意趣返《いしゅがえ》しをしたいお気持ちも、あったのかもしれませんが……。あの方のご気性を思えば、思慮に欠けた行動も仕方がないといったところでしょうか」

苦笑まじりのヘレンの言葉に、ハーシェスは戸惑った顔をしている。

リュシーナは困った。

彼女の言葉の意味がよくわからないという顔をしているハーシェスに、ジャネットの人となりを説明したいとは思ったのだが——

本人のいないところで批判を口にすることには、やはり抵抗がある。ましてや、ジャネットはかつての友人である。

結局リュシーナは、ジャネットについて自分が知っていることを、できるだけ簡潔にまとめて説明した。

「その……。彼女は男性ばかりのご兄弟《きょうだい》の下に、ずいぶん遅く生まれた女の子だったものですから。小さな頃から、どんなわがままでも叶えられて育ったみたいなんですの。フィニッシング・スクールで学ばれるうちに、そういったところをずいぶん抑えられるようになられたと思っていたのですけれど……」

ため息を吐いていると、ヘレンが重々しくうなずいた。

「ご自分のお屋敷ではちやほやとお姫さま扱いをされていたようですが、エプスタインは男爵家ですからね。外に出ると、リュシーナさまやほかのご学友の方々より格下扱いされることが、我慢ならないご様子だったそうです。口癖のように『いつか必ず、爵位が上の殿方に嫁《とつ》いでみせるわ』と使用人にはおっしゃっていたとか」

リュシーナは首を傾《かし》げた。

「そうだったの？　とてもそんなふうには見えなかったけれど」

ヘレンがほのかに苦笑を浮かべる。

「……よろしいですか、リュシーナさま？　人はコンプレックスを他人に知られることを、とてもいやがるものなのです。特に、自分の欲しいものを当然のように手に入れている相手には」

そう言って、ヘレンは笑みを消した。

「リュシーナさまは、侯爵家のご息女です。旦那さまは領民からの人望も厚く、王宮での発言権もお持ちです。おそらくジャネットさまにとって、妬《ねた》ましくて仕方ない存在だったのでしょう。そんなリュシーナさまが、大きな権勢を誇るトゥエン伯爵家のダニエルさまとご婚約された。……もしかしたら、あの方がダニエルさまを誘惑したのは、リュシーナさまへのコンプレックスゆえだったのかもしれません」

ヘレンの言葉に、リュシーナは息を呑む。

「もちろん、だからといって、リュシーナさまが気に病《や》まれることではありません。そういった嫉《しっ》妬《と》という感情は、人間が持って生まれてくるものの中で、最も厄介で醜《みにく》く――同時に、自分自身を高めるために必要なものなのですわ。何かに嫉妬《しっと》するからこそ、それを乗り越えるための努力をすることができるのですから。……まぁ、世の中には、努力するのではなく、嫉妬《しっと》した相手を貶《おとし》めることで満足を得ようという方々も多いようですが」

彼女の言葉をじっくり噛《か》みしめたリュシーナは、困惑して口を開く。

「……努力もせず、嫉妬《しっと》した相手を貶《おとし》めるなんて。とてもみっともないことだと思うのよ？」

ヘレンはそうですね、とうなずいた。

「ですからやり方はどうであれ、欲しいものを手に入れようと行動されたジャネットさまは、なんの努力もしない方々より、潔《いさぎよ》いと思います」

それに、彼女のおかげで、リュシーナはあんな脳天お花畑な男に嫁《とつ》がずに済んだのだ。

「結果よければすべてよしです。――リュシーナさまのお気持ちをひどく傷つけたジャネットさまには、今後、この上なく居心地の悪い伯爵夫人生活が待っているでしょう」

意外な言葉に、リュシーナは首を傾《かし》げる。すると、ヘレンは楽しそうに笑った。

「リュシーナさまはダニエルさまとの婚約期間中、礼儀正しく控えめに、使用人たちへの気遣《きづか》いも決して忘れず、伯爵家の家風を学ぼうと真摯《しんし》に努力されていました。そのときのことを、あのお屋敷のみなさまは忘れていらっしゃらないのですよ。ですから今回の件では、伯爵夫妻を筆頭に、お屋敷のみなさまは揃って怒り心頭だったそうです」

その挙げ句、リュシーナの代わりに迎えることとなったエプスタイン男爵令嬢は、トゥエン伯爵家が縁を結んだところで、なんの利もない家だ。

加えて、『婚約者のいる男性を誘惑した悪女』というレッテルからは、一生逃れられないだろう。

たとえ望み通りに伯爵夫人の座を得たとしても、ジャネットが期待していたものは、何ひとつ手に入れられないに違いない。

そんなジャネットの未来予想図を聞き、リュシーナは小さく息を吐いた。

「ジャネットさんは、どうしても伯爵夫人の座が欲しかったのかもしれないけれど……。なぜあんなやり方を選んでしまったのかしら」

「それはジャネットさまの頭と性格が非常に悪く、また思慮と想像力と計画性に欠けた方だったからでしょう」

リュシーナの疑問にすっぱり答えたヘレンは、主《あるじ》の微妙な表情を見て、不思議そうな顔をする。

「ほかに何か理由がございますでしょうか？」

「……いいえ。何もないと思うわ」

リュシーナは、ふっと遠くを見た。

とそこで、ふたりの会話に一段落つくのを見計らっていたハーシェスが、「ところで」と話題を変える。

「先ほどのダニエルの様子では、まだずいぶんリュシーナさまに未練があったようですが……。トゥエン伯爵家が、今後おかしな動きをしてくる可能性はあると思いますか？」

ヘレンは珍しく、少し判断に迷ったように口を開く。

「先ほどのジャネットさまのご様子を拝見して、少々不安になってまいりました。もしあれほどまで思慮に欠けた言動を伯爵家でもなさっているのだとしたら、伯爵夫人などとても務まらないと判断されても、おかしくありませんし」

もしかしたら――という可能性は、ゼロではないだろう。

「……そうですか」

小さく息を吐いたハーシェスは、緊張した面持《おもも》ちで顔を上げた。

「――リュシーナさま、ヘレンさん。私は明日にでも侯爵を訪問して、リュシーナさまへ求婚する許可をいただいてまいります」

リュシーナは小さく息を呑み、ヘレンは「そうですか」とうなずく。

「それがよろしいかと。トゥエン伯爵家とはいえ、正式に整った婚約に横やりを入れることは不可能ですから」

「はい。今さら伯爵家が何を言ってきたところで、侯爵が受け入れるはずはないとわかっております。ですが――何より、私がもういやなのです。これからの人生をリュシーナさまとともに生きるのは私なのだと、堂々と言えるようになりたい」

ぐっと拳《こぶし》を握りしめ、ハーシェスはまっすぐリュシーナを見つめた。

「リュシーナさま。私は、誰よりも何よりも、あなたを望んでいます。……はじめてお会いしたとき、一目で私の心を奪ったのは、あなたなのですから」

「ハーシェスさま……」

リュシーナはそれ以上何も言うことができず、瞳を潤《うる》ませる。

ハーシェスは、穏やかにほほえんだ。

「どうか、笑っていてください。リュシーナさま。……誰よりも、私のそばで」

第八章　兄からの手紙

「よう、シェス。婚約おめでとう」

朝一番に顔を合わせるなり、ラルフはいつもの挨拶《あいさつ》と変わらない調子でそう言った。

ハーシェスは思わず苦笑する。

先日、ハーシェスは念願の『リュシーナの婚約者』という立場を手に入れた。

もともとリュシーナの父親であるクリストファーが望んでいた縁だったこともあり、拍子抜けしてしまうほど、すべてがつつがなく進んでいった。

……リュシーナの持参金として提示された金額を目にしたときには、危《あや》うくポーカーフェイスが崩れそうになったが。

ハーシェスは、それらすべてをリュシーナが自由に使える信託財産とするつもりでいる。

そう伝えると、クリストファーははじめて驚いたような表情を浮かべた。そしてすぐに、わずかながらも楽しげに微笑した。

彼はこのところ、子どもたちと言葉を交わす時間を作るようにしているらしい。

その甲斐《かい》あってか、アルバートが父親の仕事にも興味を示すようになったという。リュシーナからそんな話を聞いて、何やら胸の奥がじんわりと温かくなった。

だが次いで続けられた言葉を聞いて、さすがのハーシェスも戸惑った。彼女は『二度と顔も見たくない』宣言をしている侯爵夫人を結婚式に呼ばないという。

幼い子どもたちの前で、侯爵夫人が決して口にしてはいけないことを言ったのは知っている。それでも彼女は、リュシーナにとってたったひとりの母親だ。

娘の結婚式に参列するのは、貴族女性にとって重要な義務のひとつでもある。

いくら何年もの間会っていない母娘であっても、歩み寄るきっかけさえあれば、少しずつ距離を縮めていけるのではないか。そのきっかけとして、リュシーナの結婚式は最適なはず。

人情的にも体面的にも、夫人には参列してもらったほうがいいのでは、と考えたハーシェスだったが、クリストファーの意見は違った。

数年前から郊外の別宅で暮らしている夫人は、愛人だった男のひとりに騙《だま》され、侯爵家の妻が代々受け継いできた首飾りを失ってしまったのだという。その首飾りをつけずに娘の結婚式に参列したなら、リュシーナの晴れの日だというのに、醜聞《しゅうぶん》にまみれてしまいかねない。

侯爵夫人は病《やまい》ということでしばらく人前に出さないようにしておくから、リュシーナとアルバートには、くれぐれもこのことを知られないようにしてほしい——

他人事《ひとごと》のように淡々と言われたときには、顔が強張《こわば》った。

まだまだ精進が必要である。

こうしてクリストファーとの話が済んだあと、ハーシェスは学院で学んだ騎士の作法通りに、リュシーナへ求婚した。そして、実に可愛らしい「はい」を受け取ったのだ。

今日の午後にでも、騎士団長と友人たちに報告するつもりだったのだが――

ラルフは、ティレル侯爵家とラン家の人間以外には知られていないはずの情報を、すでに入手していた。

どうやって知ったのかと尋ねれば、ヴィンセント公爵家の者が伝えに来たのだという。

公爵家の情報網は、ずいぶん立派なものらしい。

思わず感心していると、ラルフは軽く肩をすくめて、さらりと言う。

「あの夜会で、おまえはおれの友人だとうちの連中に認識された。そりゃあ、最低限の情報はチェックするさ」

ハーシェスは、ふっと目を細めた。

「――それは警告か？」

低い声で問うと、ラルフはゆっくり首を振る。

「いや。今のラン家を正面から敵に回す度胸のある貴族なんざ、そうそういない。うちだってそうだ。ただ単純に、おまえがおれの弱点になり得るって判断したんだとさ」

ラルフにとって、ハーシェスは『大切な友人』だから――

ハーシェスは、軽く首を傾《かし》げた。

「弱点、ねぇ……。オレが？　おまえの？」

それはなかなか新鮮な評価である。ちょっとびっくりしてしまった。

ラルフはむっつりと顔をしかめる。

「笑いごとじゃねえって。うちはもともと、他人様《ひとさま》には言えないようなことを山ほどしていたお家柄だからな。その分疑り深いし、警戒心も強いんだよ」

天下の公爵家ともなると、やはりいろいろと面倒が多いのだろうか。

これからラルフがどんな道を進むのかわからない。しかし、ハーシェスは彼の『友人』として、何があろうとフォローしていくつもりだった。

何しろラルフには借りがある。

公爵家に縁のある人間がこちらを『ラルフの弱点』だと認識しているのなら、それなりの対応をしていけばいい。

そしてその日の午後、騎士団長にリュシーナとの婚約を報告すると、微妙な顔をされた。

「あー……。ハーシェス？」

「はい。なんでしょうか、団長」

騎士団長は、しばしの間どこか遠くを眺めていた。それから、おもむろにぐっと親指を立て、妙に爽《さわ》やかな笑みを浮かべた。

「いや、なんだかいろいろと言いてぇことがあった気もするが、面倒だから、そんなこたー全部忘れちまうことにした。婚約おめでとう、ハーシェス！　幸せになれよ！」

「……ありがとうございます」

ちょっぴり騎士団長の目が虚《うつ》ろだったが、その辺はあまり気にしないよう努める。

（……そういや、団長の奥方は、トゥエン伯爵の縁戚だったっけ。――いや、オレは何も気がつきませんでした。アナタの目が寝不足で充血していることや、目の下のクマがエラいことになっているのだって、たぶんオレの気のせいなんです）

一礼したハーシェスは、そそくさと騎士団長の部屋から退出した。

彼も、今は自分のことだけで手一杯なのである。

リュシーナと正式に婚約し、結婚式の日取りも半年後の春に決まった。

父のルーカスは、「ティレル侯爵家のお嬢さまを迎えるにふさわしい豪華な式を！」と浮かれまくっている。

念のため、ルーカスがあまり暴走しないようにと母に頼み込んである。しかしルーカスは、ハーシェスの予想の斜め上を軽々とスキップして飛び越えてしまうイキモノなのだ。

もちろんハーシェスだって、リュシーナのために最高の式を用意したいと思っている。

ティレル侯爵家の体面を守るためにも、ラン家が今後周囲から侮《あなど》られないようにするためにも、貧乏くさい結婚式など論外だ。

だが、金にあかせて豪華さばかりを追求しても、下品な宴《うたげ》になりかねない。

頭痛の種はつきないが、それは贅沢《ぜいたく》な悩みというものだろう。

騎士団の仕事や結婚式の準備に追われながら、隙あらばリュシーナとの逢瀬《おうせ》を重ね、ハーシェスは幸せいっぱいの日々を送っている。

ある晩、結婚を祝ってくれるという仲間たちに誘われて、彼は夜の酒場へと繰り出した。

酒のペースがいつもより速かった気はするが、馴染《なじ》みの店で仲のいいメンツと楽しく飲んで騒ぎ、宿舎に帰ったあとは気持ちよくベッドにダイブした。

だが――

（なんだぁ……？　こいつは？）

――翌朝目が覚めて、床に脱ぎ捨てられた上着を拾い上げたとき、ポケットから何かがひらりと零《こぼ》れ落ちた。

白い封筒。

表にはハーシェスの名前だけが記されていて、それ以外は何ひとつ――差出人の名前すら書かれていない。

まだ少し酒の残っている頭で、ずいぶんきれいな字を書く人間がいるものだな、とぼんやり思った。

まるで書籍に印刷された文字のようで、クセや特徴というものがまったくなく、これを書いたのが男性なのか女性なのかもわからない。

ハーシェスの身近に、こんな文字を書く人間はいなかった。

この不思議な封筒は、いつの間にかポケットに入りこんでいた。

不気味さを感じていいような場面だが、その文字からは、なぜかマイナスの感情が湧いてこない。

首を捻《ひね》りつつ、まずは中身を見てみるかと封を切った。

そして中身を確認した瞬間、思わず息を呑んだ。

一枚だけ入っていた便箋《びんせん》には、三日後の夜に指定した場所へひとりで来られたし、この件については一切他言無用、という言葉が書かれている。

そんな意味不明な誘いなど、本来なら鼻で笑って一蹴《いっしゅう》していただろう。便箋《びんせん》の最後に記されていた署名さえ見なければ――

(なんで……ラルフの兄貴が……?)

――クラウディオ・ヴィンセント。

それは、常々弟の命を狙っているという噂の、ヴィンセント公爵家の長男の名前だった。

◆ ◇ ◆

クラウディオが指定してきたのは、市民の居住区域の一画に建つ、普通の民家だった。

素朴な庭木と芝生で整えられた小さな庭には、可愛らしい木彫りの動物たちが置かれている。

清潔なカーテンの向こうには温かそうな明かりが灯《とも》り、周囲に建ち並ぶ住宅となんら変わるところのない、平凡な佇《たたず》まいだ。

本当にここで間違いないのだろうかと少し悩んだけれど、もし間違っていたなら、住人に謝罪して帰ればいいだけだ。

ハーシェスはひとつ深呼吸をして、慎重に扉を叩く。

約束の時間より少し早い訪問だったが、扉はすぐに開いた。

「――ハーシェス・ランさまでいらっしゃいますね。どうぞ、奥で主《あるじ》がお待ちでございます」

そう言って慇懃《いんぎん》に頭を下げたのは、片眼鏡《モノクル》をかけた壮年の男である。

白いもののまじりはじめた褐色の髪を後ろに撫《な》でつけ、まるで隙のない物腰。男は、高貴な家に仕える使用人にふさわしい優雅さを備えていた。

この素朴な民家には、あまりに似合わない風体《ふうてい》である。

どうやら、ヴィンセント侯爵家の嫡男さまは、本当にここにいるらしい。

貴族の気まぐれか、酔狂《すいきょう》か――

しかし、酔狂《すいきょう》というなら自分だって相当のものだ。

あんな胡散臭《うさんくさ》い手紙ひとつで、こんなところにひとりでのこのことやってきたのだから。

男に案内されるまま家の中に入ったハーシェスは、小さく息を吐いた。

(けどなぁ……。なんとなく、来なきゃ後悔する気がしたんだよな)

ハーシェスは、こういうときの自分の『なんとなく』を信じることにしている。

大きな変化の前兆にも似た何かを感じ取ったときの、胸のざわめき。

久しく感じていなかったそのざわめきが、ハーシェスの足をここまで導いた。

「どうぞ、こちらでございます。――クラウディオさま。ランさまがお越しでございます」

「……ああ。来てくれたか」

男がノックした部屋から、安堵を含んだ柔らかな声が聞こえた。

そして開かれた、扉の向こう――

まず目に入ったのは、ボードゲームの盤が置かれた豪奢《ごうしゃ》なローテーブルだった。

その奥で、ハーシェスと視線が合うなり嬉しそうに微笑したのは、想像していた『ラルフの兄』とはまるでかけ離れた人物だった。

(えー……っと？　このひと、男……だよな？)

そんな馬鹿なことを考えてしまうほど、彼は美しい顔立ちをしていた。

ラルフも美しい容姿をしているが、クラウディオは弟とまったく違う種類の美貌《びぼう》を持っていた。というより、こんなに人間離れしたレベルの美人を、今までの人生で見たことがない。

もちろん、ハーシェスにとって一番魅力的なのはリュシーナである。だがクラウディオの美貌《びぼう》は、生きている人間のものとは思えないほどで、何やら神々《こうごう》しさまで感じてしまう。

背の中ほどまで伸ばされた、艶《つや》やかな金髪。最高級の宝玉もかくやという鮮《あざ》やかな碧眼《へきがん》。男のものとは思えないようななめらかな白い肌に、精巧なパーツで構成された繊細極まりない顔立ち。

そして、何より――

(頭がイッちゃってるようには……見えねぇ、な)

噂によれば、精神を病《や》んでいたはずである。

しかしこちらを見つめるクラウディオの瞳には、確かに理知的な光が宿っていた。

短く挨拶《あいさつ》を交わしたあと、クラウディオはハーシェスに椅子をすすめ、自分も優雅な仕草で腰を下ろす。

軽くほほえみ、彼は穏やかな口調で話しはじめる。

「さて。まずは、礼を言わせてもらいたい。――きみは私の弟と、ずいぶん親しくしてくれているようだね。あの子は幼い頃から非常に感受性が強く、素直な子どもだった。それだけに、近くにいる人間の影響をとても受けやすい。きみのように、生きることに貪欲《どんよく》でしたたかな人間がそばにいてくれてよかった。おかげであの子も、逞《たく ま》しくなったようだ。心から、感謝している」

「……クラウディオさま？」

想定外の言葉に戸惑うハーシェスに、クラウディオはやんわりと笑みを深めた。

「今日ここで見聞きした出来事に関しては、一切他言無用だよ。その条件を呑んだからこそ、きみは今ここにいる。そうだろう？」

柔らかな声。柔らかな笑顔。

なのに――ぞくりと、背筋が冷えた。

クラウディオの瞳が、すっと細められる。

「きみは、実に優秀だ。今の段階で、私を廃嫡《はいちゃく》するに足る証拠をすべて押さえているのは、きみだけだろう。だから私はきみを選んだ、ハーシェス・ラン」

（な……？）

クラウディオの優美な指先がボードゲームの駒《こま》を取り上げ、くるりと回した。

「だが、今はまだ私の情報が足りない。私について何も知らないまま下手に動けば、ラルフが傷つく恐れがある。肉体的にも、精神的にもね」

――その通りだ。

クラウディオは、楽しげにくくっと笑った。

「安心したまえ。いずれ私は、公爵家から消える。あの家は、はじめからラルフのものだよ」

(この……ひと、は)

何かが、ずれている。

彼を見たとき、その容姿が人間離れしていると感じた。しかし、そうではないらしい。彼はその根本が、ハーシェスの知っている『人間』と明らかに違う。

……こんな異質さには、覚えがある。

どこかで、自分はこの違和感に触れた。

一体どこで――

記憶を手繰《たぐ》るハーシェスに、クラウディオは笑みを消して言葉を続ける。

「あまり、時間があるわけではないからね。ひとつ聞きたいことがある。――どうしても守りたいものがあり、なのに自分にはそれを守るだけの力が備わっていなかった場合、きみはどうする？」

「守りたいもの……ですか？」

唐突な質問に、ハーシェスは思わず問い返す。

クラウディオはハーシェスの答えを待つことなく、口を開いた。

「かつての私は、自分の身を守るだけで精一杯だった。私たちの父は残念ながら、人の親になっていいような人間ではなくてね。彼は、子どもたちが公爵家の継承権を狙う者に殺されようとも、殺されるほうが悪いと言うだけで、顔色ひとつ変えることはないだろう。おかげで私は、十五の年に叔父《おじ》のひとりを処分する羽目になった」

「……は？」

さらりと告げられた言葉の意味を理解できず、ハーシェスは眉を寄せる。

「ヴィンセント公爵家は、元来そういう家だったのだよ。強い者が生き残り、弱い者は死んでいく。そうして最後に生き残った強者が、一族を率《ひき》いる長《おさ》になる。……だがラルフは幼い頃、少々体が弱くてね。いつもひとりで絵を描いていて、私が褒《ほ》めてやると、それは嬉しそうに笑っていたよ」

当時を思い出しているのか、クラウディオの表情がわずかに綻《ほころ》んだ。

それまで彼が見せていたものとはまるで違う、どこまでも透明な微笑は、ひたすら美しかった。

ハーシェスは、その瞬間、理解した。

(ラルフ……なのか？)

クラウディオの、『どうしても守りたいもの』というのは。

ならば、彼は——

「あなたは……隠したのですか？」

幼いラルフを、騎士養成学院という安全な檻《おり》の中に。

自分の力では、彼を守ってやることができなかったから。

そしてラルフが公爵家から距離を置くよう、わかりやすく『弟の命を狙う兄』を演じ続けた——

クラウディオは、苦笑を滲《にじ》ませる。

「あの子が自分らしく生き残れる場所を作り上げるためには、どうしても公爵家から遠ざけておく必要があった。何も知らなければ、命を狙われる危険からも知らずと遠ざかる。もちろん、自分自身で身を守るという意識を持たせるために、あえて伝えた情報はあるがね」

――うちはもともと、他人様《ひとさま》には言えないようなことを山ほどしていたお家柄だからな。

ラルフ自身が、ヴィンセント公爵家を評して言った言葉。

しかしその意味は、ハーシェスが考えていたよりもはるかに重いものだったようだ。……おそらく、ラルフが理解しているよりも、ずっと。

そしてすべてを知るクラウディオは、ラルフをすべてから遠ざけることで守ろうとした。

否《いな》――今も、守っている。

「十年かけて、ようやく公爵家の膿《うみ》を出しきることができた。最後の仕上げはもう少し先になるが、ラルフを害そうとするような者はヴィンセント家にはいない。――だが、私は外の世界にはあまり明るくないのだよ。時代の流れは早く、世界は変貌《へんぼう》を遂げている。この国でも異国でも、貴族だけが大手《おおで》を振る時代は終わりを告げるだろう」

自嘲するでもなく、ただ淡々と事実を告げるクラウディオに、ハーシェスは軽く目を細めた。

だから彼は、ハーシェスを選んだのか。外の世界を知り、ラルフを守ることのできる人間として。

「……あなたは、それでいいのですか」

「ラルフにとっての私は、浅ましく弟の命を狙い続けた、愚《おろ》かな兄だよ。今までもこれからも、ずっと」

ハーシェスは、ぐっと拳《こぶし》を握る。

「しかし彼だって、何も知らないばかりの子どもではありません。いつか真実に気づくこともあるでしょう」

「いいや。気づくことはないよ。なぜなら、彼のまわりに真実を知る者はすでにいないから」

その瞬間、ぞくりと肌が粟立《あわだ》った。

冷たい汗が額《ひたい》に滲《にじ》む。

先ほどからずっと感じていた、違和感。

人間として、何かがひどくずれているような、彼への違和感の正体は――

そうだ。

かつて異国で、こんな空気をまとう人間に幾度か出会ったことがある。

(暗殺者の……におい……？)

人を殺すことになんのためらいも持たない者のにおい。

ある意味ひどくシンプルで、常人にはとても理解できない価値観で動く者の瞳。

それが今、目の前にあった。

まさか、と思う。

(殺した……のか。全員。……ラルフを、守るために？)

「――きみが今考えていることは、おそらく正解だ。ハーシェス・ラン」

ハーシェスの思考を読んだように、クラウディオが微笑する。

まるで、出来のいい番犬を褒《ほ》めるかの如《ごと》く、優しげに。

「きみが、きちんと計算のできる商売人でよかった。きみは外の世界でラルフを守っていれば、それでいい。その対価として、今後『ヴィンセント』がきみや、きみと関わる者たちを害することは決してない。悪い取引ではないだろう？」

美しい人の形をした獣《けもの》は、毒にも似たとろりと甘い囁《ささや》きを投げかける。

目眩《めまい》がした。

「なぜ――ですか」

ハーシェスはぐっと拳《こぶし》を握りしめ、相手の瞳をまっすぐ見据《みす》える。

「ラルフは、公爵家の継承権など望んでいない。なのになぜ、このようなことをしてまで、彼にそんなものを与えようとされるのです」

「……言ったはずだよ。きみはラルフを守っていればそれでいい、と」

クラウディオはため息まじりにそう言った。まるで、幼い子どもの問いかけに困る大人のような顔をしている。

ハーシェスは冷ややかに返した。

「私はラルフの友人であって、あなたの飼い犬ではありません。ただ言うことを素直に聞く番犬をお望みなら、どうぞほかを当たってください」

クラウディオの提示した取引に、魅力を感じなかったわけじゃない。

ただ、それ以上に腹が立った。

ラルフに何も知らせないまま、あまりにも一方的なやり方で彼を守ろうとする、クラウディオの傲慢《ごうまん》さに。

クラウディオは、はじめて困った顔をした。

「大抵の人間は、私に褒《ほ》められると喜ぶのだが……。なるほど、きみはそうではないのだな。これは失礼した」

あまりにもあっさりと謝罪されて、ハーシェスは内心、がくっとコケた。

クラウディオは、腕を組んで言葉を続ける。

「まぁ……。なんと言えばいいかな。粛清《しゅくせい》をはじめた当初は私も若かったものだから、少々無茶をしてね。今から思えば、ずいぶん無駄な血も流してしまったし、その分、余計な恨《うら》みも買っているんだよ」

『若気の至りって怖いね！　テヘッ』なノリで、一族の粛清《しゅくせい》などという恐ろしげな出来事を語らないでいただきたい。

「言い訳になるが、私にとってもかなり想定外だったのだよ。欲の皮の突っ張った阿呆《あほう》の首をふたつみっつ飛ばせば、あとはどうにかなるだろうと高を括《くく》っていたのだが……。阿呆《あほう》というのは、ひとり見つけたら、その周囲に三十人はいるのだな。あれはなかなか驚きだった」

阿呆《あほう》は、黒光りするあの虫と同じレベルで増殖するものなのか。

それは、ちょっと怖いかもしれない。

「それでも一応五年ほどは、そんな阿呆《あほう》どもと折り合いをつけてやっていけないものか、努力したり妥協したりしようとしたのだよ。だが、阿呆《あほう》というのは、本当に言葉が通じなくてな。つい面倒になって、すぱっと景気よくまとめて刈り取ることにしたのだ」

人間の首を収穫期の小麦と同じように語るのは、どうかと思う。

「おまけにその事後処理の最中に、阿呆《あほう》予備軍があちこちから芋づる式に出てきてね。弱みをついて絶対服従の誓約書を書かせ、必要経費と活動資金を巻き上げていくうちに、いつの間にか立派な地下組織ができあがっていた。そちらのトップと公爵家の当主を兼任するのは、さすがに厳しいものがあるのだよ」

「……一体何をしているんですか、あなたは!?」

思わずツッコんだハーシェスに、クラウディオはひょいと肩をすくめた。

その仕草だけはラルフとそっくり同じで、容姿も気性もまるで似たところはないのに、やはり彼らは兄弟《きょうだい》なのだなと思う。

「仕方がないだろう。どんな社会でも、裏側の世界でしか生きていけない人間はいるものだ。もちろん、ヴィンセント公爵家の中にもね。……だが、あの子には——ラルフには、そんなものは必要ない」

そう言って、クラウディオは静かに微笑した。

「私の手は、表の世界で生きていくには血で汚れすぎた。ヴィンセント公爵家が長い間抱えこんできた闇も罪もすべて、私がまとめて持っていく。心から慕ってくれたあの子を傷つけた私にできる、せめてもの償《つぐな》いだ」

「クラウディオさま……」

彼は確かに、ラルフを傷つけたのだろう。

幼かった彼の手を振り払い、冷たく背を向け、殺されたくなければひとりで生きろと無情に放り捨てたのだから。

……誰よりも大切な弟の命を、守るために。

「きみは、ラルフの友人だと言ってくれた。ならば、私が余計なことを言う必要はないのだろう。先ほども言ったが、私はもうじき、きみたちの前からいなくなる。──だが、そうだな。もし私の力が必要になったときには、『マーカス・タナー』宛てに『カノン・リッチフィールド』の名でこの家に手紙を送りたまえ。最優先で私の手元に届くよう手配しておく」

──こんなふうに、すべてを決めてしまっている相手には、言えることなど何もない。

それでもハーシェスは、問わずにはいられなかった。

「……あなたにとって、ラルフはそれほど大切な人間なのでしょう。そんな彼に、一生誤解されたままで──辛くは、ないのですか」

自分ならば、耐えられない。

そんな人生など、耐えられるはずがない。

クラウディオは、柔らかくほほえんだ。

「きみは、優しいな。ラルフが心を開くわけだ。だがね、ハーシェスくん。私は、最初に間違ったのだよ。ラルフのそばにいられる人生を望むなら、もっと違う道を選択すべきだった。あの子の信頼を裏切り絶望させた私に、今さらそんなことを望む資格はない。……あの子がこの世のどこかで生きていて、幸せに笑っていてくれればそれでいい」

たとえもう、その笑顔を直接見ることが叶わなくても——

そう言って、クラウディオは手にしていた駒《こま》をゲーム盤に戻す。

かつんと響いた硬い音が、話はここまでだと告げていた。

「ありがとう、ハーシェスくん。……きみと話せて、楽しかったよ」

◆◇◆

それから一月《ひとつき》ほどして、粉雪が舞いはじめた晩。

宿舎のハーシェスの自室に、飲みかけの酒瓶を携《たずさ》えたラルフがふらりとやってきた。

すでにかなり酔っているらしい。乱暴な手つきで扉を閉めるなりよろめいた彼は、そのままどっかりと床に座りこんだ。

瓶から直接飲むのではなく、律儀にグラスを持参しているあたりが、几帳面《きちょうめん》さを感じさせる。

だが、部屋の片隅でひとりもくもくと酒盛りを展開されては、正直かなり鬱陶《うっとう》しい。

ハーシェスはため息を吐いて口を開いた。

「おい、ラルフ。オレの部屋は持ちこみオッケーの飲み屋じゃねえ。そうやってても、つまみは出ねぇぞ」

「……気が利かない。せっかく秘蔵のヴィンテージものを開けたんだから、食堂のおばちゃんから干し野菜でももらってこい。ただしニンジンは不可。あれは馬の食べものだ」

面倒なお坊ちゃんなんだか、安上がりな酔っ払いなんだかわからない。

そんなラルフは、いい年をしていまだにニンジンが食べられないようだ。

困った子どもみたいなヤツだなと思いながら、ハーシェスは棚からグラスを取り出した。床に無造作に置かれていた酒瓶を傾《かたむ》けると、芳醇《ほうじゅん》な香りが広がる。

さすがはヴィンテージものだと感心しつつ、グラスに口をつける。香りに恥じない、深みのある味わいが、するすると喉《のど》を滑り落ちていった。

……これは、飲みすぎるとあとが怖いタイプだ。

勝手に酒を注《つ》いだハーシェスを咎《とが》めるでもなく、ラルフはぼーっと自分のグラスを見つめている。

そんなラルフから少し離れたところに、さりげなく酒瓶を置く。

ハーシェスも床に座り込み、グラスの中身を少しずつ減らしながら、ラルフが口を開くのを待った。それからどれくらい経っただろうか。

片膝を軽く立て、手の中のグラスをじっとのぞきこむような体勢のまま、ラルフは掠《かす》れた声でつぶやいた。

「……きれいな、人だったんだ」

感情のこもっていない、訥々《とつとつ》とした口調で言う。

「はじめて会ったとき……おれ、本気で天使だと思ったんだ。ずっと、部屋にひとりだったから。

天使が、おれの描いた絵を褒《ほ》めにきてくれたんだって、思って……すげぇ、嬉しくて。……馬鹿みたいに、嬉しくて」

——ラルフが誰のことを語っているのかなんて、問い返すまでもなかった。

「だから……あの人が、おれを殺そうとするなんて、信じたくなかった。でも、全然、会ってくれなくなって……おれを殺そうとしたやつが、あの人の署名の入った手紙、持ってた。あの人の、字だったよ。それで、わけわかんなくなって、おれ」

ラルフは、震える指でぐしゃりと乱れた黒髪を掴んだ。

「……逃げたんだ。これ以上、見たくなくて。知りたく、なくて。ずっと、逃げて……だって、あの人は、待ってろって言ったから。絶対おれを、外に出してくれるって、言ったから……だから、ここで、外で、待っていればって、ずっと」

「ラルフ」

泣き出す寸前の子どものような顔をして、ラルフは途切れ途切れに言葉を吐き出す。そして彼の肩が大きく震えた。

「落ち着け。何があった？」

本当は答えのわかっている問いを向けると、ラルフは引きつった声とも吐息ともつかない音を漏《も》らした。

それから何度か喘鳴《ぜんめい》を繰り返したあと、心臓のあたりをぐっと握り込むようにして、彼は口を開いた。

「あの人……兄貴、が……死んだって。――別荘の、近くの森で……崖《がけ》から、落ちて」

「……本当か？」

そう尋ねながらも――クラウディオが自分の死を装《よそお》うのに、わずかでも疑いが残るような不備を生じさせるはずがないとわかっていた。

つくづく、自分の特技がポーカーフェイスでよかったと思う。

こんなにも苦しげな彼を前にして、ハーシェスは動揺せずにはいられなかった。

（……残酷だ。クラウディオさま）

幼い頃、ずっとひとりで絵を描いていたというラルフにとって、優しい言葉をかけてくれた兄の存在は、どれほど大きなものだったろう。

ラルフの理性は、兄が自分を殺そうとしたことを知っている。だからこそ、彼は今こうしてここにいる。

しかしラルフの鋭敏《えいびん》な心は、クラウディオがラルフを愛していたことに気づいていたのかもしれない。

ハーシェスは、込み上げる苦いものをどうにか噛《か》み殺した。

（子ども相手に……簡単に、待ってろなんて、言うなよ）

間違ったと、クラウディオ自身が言っていた。

ラルフのそばにいられる人生を望んでいたくせに、最初の選択を間違ったのだと。

幼かったラルフに告げた言葉は、そのときのクラウディオにとって本心だったのだろう。だからこそ、こんなにも強く、いまだにラルフの心を縛りつけている。

……クラウディオは、とうの昔に諦めてしまっていたのに。

果たされなかった約束は、裏切りと嘘に姿を変える。

ずっと兄との約束を信じていたラルフは、おそらく今になってはじめて絶望している。

クラウディオの死という、これ以上ないほど最悪の形で。

「……ラルフ」

それでも、たったひとつだけ確かなことがあるとしたら――

「おまえが、おまえの目で見た兄貴は……どんな人だったんだ？」

幼いラルフの目に映っていた、まっさらな彼の姿は――

「あの……人……？」

虚《うつ》ろな声が、夜の室内にぼんやりと響く。

それから少し沈黙したあと、ラルフは抱え込んだ片膝に額《ひたい》を押しつけた。

「あの人、は――」

低く掠《かす》れた声でつぶやかれた言葉に、ハーシェスはそうか、とうなずく。

「……だったら、それでいいんじゃねえの」

ほかの誰が違うと言っても。

たとえ、クラウディオ自身が違うと言ったのだとしても。

「おまえにとって、兄貴はそういう人だったんだろ。……それで、いいじゃねえか」

――ラルフの嘘つきで優しい兄は、もう二度と、どんな嘘も真実も彼に語ることはないのだから。

マーカス・タナーさま
先日は、大変有意義なお話を聞かせていただき、誠にありがとうございました。お礼として、私の大切な友人が数年前に譲ってくれた絵をお贈りいたします。この絵に描かれた庭は、彼にとって、とても大切な思い出の場所なのだと聞きました。彼は騎士養成学院に入学してからも、この庭の風景を何度も描いておりました。本当に、見ているだけで温かい気持ちになるような、素晴らしい絵だと思います。どうか大切になさってくださいますよう、心からお願い申し上げます。
――カノン・リッチフィールド

追伸
あんたが死んだって知らされたとき、あいつは泣いてた。兄貴が弟を泣かせてんじゃねぇよ、ボケ。せいぜいこの絵を見るたび、後悔しまくって悶絶《もんぜつ》してろ。じゃあな。

◆　◇　◆

――風のない朝に舞い落ちる雪を見上げていると、空に吸い込まれそうな気分になる。
ふとそんな言葉が浮かんだハーシェスだったが、その実、ポエミーな気分とはまったく無縁な日々を過ごしている。

現在、彼はティレル侯爵家の豪奢《ごうしゃ》な客間で、愛《いと》しい婚約者とともに結婚式の予定についてあれこれ話し合っていた。

ハーシェスにとっての結婚式とは、リュシーナが自分の妻になるという事実を大々的に知らしめ、世の男たちに『いいだろう、うらやましかろう、はっはっは』と内心で高笑いするためのもの――ではなく、リュシーナとの結婚を祝ってくれる招待客をもてなすためのものである。そして彼らとのつきあいを、今後より深めていかなければならないのだ。それはもちろん、ラン家のよき顧客となってほしいという意味も持っている。

そのため、式ではどんなささやかなミスも起こらないよう、細心の注意を払って取り組む必要がある。

そんなハーシェスの目下の心配事は、酒の入った騎士団の連中がいつものノリで暴れはじめたらどうしよう、というものである。

だが、ティレル侯爵家はもともと武門の家柄であるため、そういうはっちゃけ方には、かなり寛容らしい。

かくいうクリストファーも、結婚式のときには騎士団の友人たちに飲み比べを挑まれて危《あや》うく潰されそうになり、最後は拳《こぶし》で勝負する羽目になったのだという。今の彼の落ち着いた様子からは、とても想像できない。

義理の父となるクリストファーについては、いまだによくわからないことが多い。

とりあえず、彼は自身の結婚式について話したあと、こう言った。

「――あまり飲みすぎると、役立たずになる。気をつけたまえ」

この忠告には、謹《つつし》んで従っておこうと思う。

初夜の晩にそんな悲劇が起こったら……想像しただけでトラウマになりそうだ。

目の前のリュシーナに内心を悟られないよう、極力穏やかな笑みを浮かべて式の打ち合わせを続けていると、リュシーナがふわりとほほえんで口を開いた。

「ハーシェスさま。そろそろお茶にいたしませんか？　今日はかぼちゃのパイと、レモンチーズケーキをご用意しましたの」

ティレル侯爵家を訪れるたび、リュシーナは手製の菓子でもてなしてくれる。ハーシェスは、己の幸せ具合に、不安になることさえあった。

（ふ……っ、まさか幸せすぎて怖い、なんて真剣に思う日が来るとは思わなかったぜ……女々しいにもほどがある）

意外なことに、リュシーナはちょっぴり頑固な職人気質の持ち主であったらしい。

以前から菓子作りの練習をしているとは聞いていたが、彼女自身が『お客さまにお出ししても恥ずかしくない』と納得できるまで、決してハーシェスには出さなかった。

一体どれほど練習を重ねたのだろうか。この頃、振る舞われるようになった茶菓子は、見た目も味も実に素晴らしいものばかりだ。

「最近はお菓子以外にも、厨房《ちゅうぼう》の料理人たちにいろいろと教わっていますの。彼らは、この国の料理が異国のお客さまに喜んでいただけるのか、とても気になるのですって。いずれラン家でパーティーを開くときには、自分たちにもお手伝いさせてほしい、と言っていましたわ」

「本当ですか？　もし侯爵のお許しが得られるのでしたら、こちらからお願いしたいくらいですよ」

薫《かお》り高い紅茶を優雅な手つきで淹《い》れてくれたリュシーナは、優しい笑みを浮かべる。

今日の彼女は、ダークチェリーのような深い色合いのドレスを着ていた。

ハイネックの落ち着いたデザインで、袖口や裾にあしらわれている上品なブラウンのレースが彼女の肌の白さを引き立てている。

はじめて会ったときには、まだわずかに少女らしさが残っていた。しかし今は、結婚式を控えているからなのか、大人の女性らしい落ち着きを備えるようになった。

……会うたびに、彼女はどんどん美しくなっていく。

早く、冬が終わればいい。

そうすれば春になり、純白のドレスをまとった彼女は、まばゆいばかりの美しさを見せてくれるだろう。

夢想しながら婚約者との他愛ない会話を楽しんでいたハーシェスは、リュシーナが口ごもったのに気がついた。

「リュシーナさま？　どうかなさいましたか？」

しかし彼女は、戸惑うように目を伏せて、なかなか口を開こうとしない。

何かおかしな振る舞いをしただろうか、とハーシェスはつい先ほどまでの自分を顧《かえり》みる。

この部屋には、いつものごとくヘレンが控えているし、ほかの使用人たちの姿もある。いかに脳内のお花畑に花が咲き乱れていようとも、ハーシェスの外面《そとづら》は完璧なはず。特に思い当たる節《ふし》はなかった。

すでに婚約しているのだから、もうそこまでがんばらなくてもいいのでは——などという気の緩《ゆる》みは、ハーシェスに一切ない。

彼の目指すゴールは、リュシーナとの結婚ではない。その先に待っている、幸せいっぱいのめくるめくアレコレに彩《いろど》られた結婚生活なのである。

そのゴールに向かって、なお努力を続けていく所存のハーシェスだったが、ふとヘレンの手紙を思い出し、さっと青ざめた。


今日は、ご結婚後の夫婦生活に関するお話をさせていただきます。

女性が結婚直後の男性に対してがっかりしてしまう原因のひとつに『釣った魚に餌《えさ》をやらない』というものがございます。男性の多くは、妻となった女性に愛情表現を示さなくなるのです。女性にとって、それはとても寂しく感じられるものでございます。

ご夫婦になったからといって、口にせずとも相手に気持ちが伝わる、などということはございません。いくら奥方さまを大切に想っていたとしても、そのお気持ちが伝わらなければ、愛していないのと同じでございます。

一度でも「自分は愛されていないのかもしれない」と感じてしまった女性は、それまで燃え上がる恋心によって見えなくなっていた男性の欠点や短所に次々と気がつくようになります。その結果、坂道を転がり落ちるようにお気持ちが冷めてしまうことだってあるのです。

そのような悲劇を回避するためには、奥方さまが「自分は愛されている」という自信を持てるように、きちんと言葉や態度で示しましょう。それが円満な夫婦生活を継続するための、はじめの一歩でございます。

たとえ彼女の教えがなかったとしても、ハーシェスは新婚生活の第一歩を踏み間違える心配などしていない。

だが、現在はまだ婚約中の身。

特にこのティレル侯爵家にいるときには周囲の空気を読み、いろいろとセーブしているのだ。もしやそのせいで、リュシーナにハーシェスの愛情が伝わっていなかったのだろうか。彼女に不安を与えてしまっていたとしたら、とんでもないことである。

内心だらだらと冷や汗を垂らしつつ、どうにか穏やかな笑顔をキープしていると、リュシーナが思い切ったように口を開いた。

「あの……ハーシェスさま。ひとつお願いがあるのですけど、よろしいでしょうか……？」

その表情の可愛らしさに、ハーシェスは危《あや》うく轟沈《ごうちん》しそうになった。

「……はい。どうぞ、リュシーナさま。なんでもおっしゃってください」

声を震わせて悶絶《もんぜつ》しなかった自分は偉い、と心から己を褒《ほ》め称える。

リュシーナはほっとしたようにほほえむと、ハーシェスの自制心を崩壊させるほどの、すさまじい攻撃を仕掛けてきた。

「ハーシェスさまがおいやでなければ、これからは『リュシーナ』と呼んでいただけませんか？その、わたしたちはもうじき結婚いたしますのに、なんだか堅苦しい気がして……」

少し恥ずかしそうにはにかみながら、リュシーナが目を伏せる。

そのときハーシェスは潔《いさぎよ》く敗北を認め、萌《も》え上がる歓喜の嵐に一瞬で吹き飛ばされた自制心を回収すべく、旅立たなければならないなと思った。

とりあえずここは、リュシーナの前で挙動不審になる前に、即時撤退を選択すべき場面であろう。敗者はただ去るのみ。

だがハーシェスが腰を上げようとしたそのとき、少し離れた場所に控えているヘレンと視線が合った。まったく感情が読めない彼女の瞳を見た途端、心がすっと冷える。ハーシェスは落ち着きを取り戻した。

（……おぉ。さすがはヘレンさん。ありがとうございます）

自制心とは、絶妙な恐怖を感じることで取り戻せるものらしい。

ハーシェスはひとつ深呼吸してから、再び穏やかな微笑を浮かべる。

「……堅苦しいのは、おいやですか？」

「は、い」

頬を染めてうなずくリュシーナの手に触れ、そっと包みこむ。

「本当に……可愛らしい方ですね。リュシーナ」

我ながらどうかと思うくらい、甘ったるい声になった。

リュシーナの頬はますます薔薇色《ばらいろ》に染まり、コバルトブルーの瞳が潤《うる》む。

ハーシェスは、さらに続ける。

「それでは、これから私自身の言葉遣《づか》いで語っても構いませんか？　もし、ご不快でなければ」

リュシーナは慌てた様子で首を振った。

「不快だなんて、とんでもありません。わたし……わたしは、ハーシェスさまの妻になるのですもの。ですから、ハーシェスさまには、普段通りにお話ししてほしいのです」

「……ありがとう、リュシーナ」

懸命に言い募《つの》るリュシーナの指先をそっと引き寄せ、唇を落とす。

「きみは、知ってる？　きみがこうして歩み寄ってくれるたび、オレがどれだけ嬉しくて幸せな気持ちになれるか」

「え……？　あ、あの……っ」

リュシーナは戸惑ったように瞬《まばた》きしてから、ぱっと頬を染めてうつむく。そんな彼女が愛《いと》おしすぎて、ハーシェスは声を立てて笑ってしまった。

「忘れないで、リュシーナ。この世の誰より、きみを好きだよ。だからオレは、この世の誰よりきみを幸せにしてみせる。そうじゃないと、不公平だろう？」

「……っもう！　わたしは普通にお話ししてほしいと申し上げたのであって、どきどきさせてほしいとお願いしたわけではありません！」

リュシーナは、真っ赤になってこちらを睨《にら》みつけてくる。

そんなやりとりを繰り広げていても、ヘレンをはじめとするティレル侯爵家の使用人たちは、誰も走り出したりしなかった。

貴族の屋敷に勤める人々のスルースキルは、実に驚嘆すべきものがある。

しばしの間、リュシーナとのきゃっきゃうふふな語り合いを堪能《たんのう》したハーシェスは、再び結婚式の話し合いをはじめた。

そこに、クリストファーからの呼び出しが入る。

侯爵家縁《ゆかり》の招待客に関わることで、彼の執務室に呼び出されることは珍しくない。

リュシーナに「すぐ戻るよ」と言い置いて、すっかり馴染《なじ》みになった侯爵家の執事とともに廊下を進む。

（……あのー、ひょっとしてリュシーナさまにタメ口きいてたの聞かれてましたか？　結婚前にちょーしこいて浮かれてんじゃねーよ若造がッ！　とかイラついていらっしゃいます？）

いつも朗《ほが》らかな笑顔で先導してくれる執事の彼が、何やら難しい表情で黙り込んでいる。ハーシェスはちょっぴり不安になった。

もし自分が第三者の立場で先ほどのやりとりを見ていたなら、即座に『爆発しろ』と叫んでいただろう。

だが、迂闊《うかつ》なことを口にして墓穴《ぼけつ》を掘ってもまずい。

沈黙を選び、歩くことだけに集中していると、ようやく執事が口を開いた。

「……ハーシェスさま。差し出がましいことを申し上げますが……。どうか、旦那さまに力を貸して差し上げてくださいませ」

押し殺した声でそう告げられ、ハーシェスは戸惑う。

だがここで問い返しても、彼はそれ以上何も言わない気がする。

「……はい。もちろんです」

静かに返すと、彼は小さく頭を下げて謝意を示した。

「ありがとうございます。ハーシェスさま」

一体、クリストファーに何があったのだろうか。

リュシーナとの逢瀬《おうせ》で浮き立っていた気分を深呼吸ひとつでリセットし、ハーシェスは重厚な扉の前に立つ。

「旦那さま。ハーシェスさまをお連れいたしました。――どうぞ、ハーシェスさま」

クリストファーの執務室にはどっしりとした樫材《かしざい》の机が置かれていて、その上には書類が山のように積み重なっている。

すでに見慣れた光景だが、今日は少し様子が違っていた。

クリストファーは、いつもならその執務机の向こうで待っている。しかし彼は部屋の隅に置かれたソファに腰かけており、ローテーブルにはブランデーの瓶が載っていた。

クリストファーと挨拶《あいさつ》を交わし、ハーシェスはすすめられるまま、向かいのソファに腰を下ろす。

そして執事が注《つ》いでくれたブランデーを受け取り、一口だけ飲んでグラスを置いた。

普段と変わらない、落ち着いたクリストファーの瞳が、ハーシェスをじっとうかがっている。

「……ハーシェスくん」

「はい。なんでしょうか、侯爵」

そのあとに続いた言葉に、ハーシェスは耳を疑った。

「私は、妻と離縁しようと思う」

(……え?)

この国の法律では、相応の理由がある場合には離縁が認められている。

だが、やはり外聞《がいぶん》のいいものではない。特に、政略結婚によって結ばれた縁ともなれば、婚姻関係を解消するのはそう簡単ではないだろう。

侯爵夫人の生家は、今ではさほど権勢を誇っているわけではないが、建国当時から続く名家だという。そのため、王宮では貴族たちからそれなりに敬意を払われる存在なのだと聞いた。

クリストファーが彼女を妻としたのも、家門の持つ影響力を欲したからだろう。

それなのに、ここで名家出身の妻と離縁するとなれば、ティレル侯爵家としても体裁が悪い。

ましてや今は、数ケ月後に娘の結婚式を控えた大切な時期だ。

少なからず困惑したハーシェスに、クリストファーはゆっくりと口を開いた。

「我がティレル侯爵家が、かつては武門を誇る家だったことはきみも知っているだろう。いまだにそんな過去の栄光に縋《すが》るばかりの頭の古い連中が、このところ妙な動きをしているというので、密かに探らせていたのだが——」

一度言葉を切ったクリストファーの瞳に、ほんの一瞬、凄絶《せいぜつ》なまでの暗い光が浮かぶ。

「——彼らは、騎士養成学院に行かなかったアルバートをよく思っていない。このまま騎士の資格を取らないのであればアルバートを廃嫡《はいちゃく》し、血の濃い親類の中からふさわしい子どもを選んで跡継にすべきだと考えているようだ。その手はじめとして、妻を取りこもうとしたらしい。……すると妻は、アルバートがどれほど侯爵家の後継にふさわしくないか、彼らに証言したのだよ。あれの左腕の傷のことや、つい最近まで他人を一切寄せつけず、友人らしい友人がひとりもいなかったことまで——。ティレル侯爵夫人の名において、証言時に宣誓書へ署名して、だ」

「な……っ」

愕然《がくぜん》としたハーシェスに、クリストファーは苦悩を滲《にじ》ませた声で続けた。

「その宣誓書は、もう燃やした。だがこれ以上、彼女にティレル侯爵夫人を名乗らせることはできん。彼女の存在は、子どもたちにとって害悪にしかならない。……アルバートは、まだ子どもだ。かつて彼女に抉《えぐ》られた心の傷も、完全に癒《い》えているわけではないだろう。私は……もう二度と、彼女にアルバートを壊されたくはないのだ」

ハーシェスは、ぐっと奥歯を噛《か》みしめる。

(こういう……こと、なのかよ)

——平民である自分と、有力貴族の令嬢であるリュシーナの結婚。

それが周囲にどういう目で見られるか、ハーシェスはあらためて思い知らされた。

クリストファーに認められたことですべてをクリアした気になっていたが、ティレル侯爵家には傍系《ぼうけい》も含めれば多くの血縁がいる。誇り高い彼らにとって、直系のリュシーナが平民に嫁《とつ》ぐことは、さぞ耐えがたかっただろう。

だが、その不満のはけ口がアルバートに向かうとは――

ハーシェスへの攻撃であれば、どんなに卑劣《ひれつ》なものであろうと冷静に対処できる自信はあった。

しかし、アルバートの心をどこまでも踏みにじる方法で攻撃してきたことに、怒りがふつふつと沸《わ》いてくる。

「……侯爵」

「なんだね」

「私に何か、お力になれることはありませんか」

しかし、クリストファーはわずかに口元を綻《ほころ》ばせただけだった。

「きみの気持ちは、ありがたく受け取っておく。しかし私は、あまり事を荒立てたくはないのだよ。アルバートやリュシーナには、本当のことを言っておく。――彼女には、数年前からつきあいのある愛人がいたのだ、とね」

確かにそれは、事実である。

ハーシェスは、以前、侯爵から聞いた話を思い出した。

何人かの愛人がいたという侯爵夫人はそのうちのひとりに騙《だま》され、侯爵家の妻が代々受け継いできた首飾りを失ってしまったと聞いている。

隠しておきたい事実から相手の目を逸《そ》らすため、別のショッキングな『真実』を告げる――単純だからこそ、効果的なミスリードだ。

「妻が愛人に宛てた手紙の写しも、貢《みつ》いだ金品のリストも、彼女付きの使用人ごとすべて押さえている。彼女を侯爵夫人としてリュシーナの結婚式に参列させたくなかったのだと言えば、ふたりとも納得してくれるだろう。きみには不審がられてしまうだろうと思ったから、こうして話をさせてもらったが……」

クリストファーは、ふっと小さく息を吐いた。そして苦笑まじりに口を開く。

「身近に、隠しごとをするのが難しい相手がいるというのは、思いのほか気分が楽になるものなのだな。……感謝する」

「侯爵……」

アルバートやリュシーナの気持ちを考えるなら、クリストファーの言うように、秘密裏《ひみつり》に事を進めるのが正しいのだろう。ふたりの母親が、子どもたちのことをかけらも気にしていないと知る必要などない。

だが――

(少なくとも……あなたのことを誰よりも第一に考えてる執事さんは、全然納得していませんよ)

侯爵としての誇り、父親として子を思う気持ちを知っているからこそ、ハーシェスだって、とても納得できない。

しかし下手に動けば、アルバートを廃嫡《はいちゃく》しようと動いている親族がいることが露見《ろけん》し、リュシーナとアルバートまで傷つけてしまうことになる。

奥歯を噛《か》みしめたハーシェスに、クリストファーは小さくほほえんだ。

「私が妻と離縁すれば、有力な手駒《てごま》がひとつ消える。アルバートを廃嫡《はいちゃく》したい者たちは、妻を中心に計画を描いているはずだ。おそらく彼らは、貴族としての誇りを重んじる侯爵が、妻と離縁するはずがないと考えている。当てが外れたなら、さぞ悔しがってくれるだろう」

ハーシェスは、くっと眉を寄せた。

「……しかし、侯爵夫人の不貞を離縁の理由になさっては、侯爵の名に傷がついてしまうのではありませんか」

貴族に限らず、妻を間男に寝取られることは、男にとって耐えがたい屈辱《くつじょく》である。

加えて、娘のリュシーナもまた友人に婚約者を寝取られている。その話を引き合いに出して、侯爵家を揶揄《やゆ》する者だっているかもしれない。

だが、クリストファーはあっさりと応じた。

「私と妻が数年前から別居状態だったのは、誰もが知っていることだ。彼女がたびたび愛人を抱えていたことも、まぁ……公然の秘密というやつだな。彼女の不貞を理由にしたところで、せいぜい新しい妻を迎えるための下準備をはじめたのではないか、と言われる程度だろう」

ハーシェスは、びしっと固まった。

おそるおそる、問いを向ける。

「……あ、の……侯爵？　その、そういった予定がおありなのですか……？」

「ない」

即答したクリストファーが、可哀想なものを見るようにハーシェスを見た。

地味にダメージが大きかった。

（いやだって、侯爵はまだ四十そこそこだし！　男の目から見てもガチでいい男だし、めちゃくちゃ有能だし、身分と財力も最上級レベルだし！　こんな優良物件を世の女性陣が放っておくわけねーじゃんと思っちまったオレは、決して間違っていないと思うのですがどうですかッ！）

彼は、『忙しすぎて、そんな暇などどこにもない』という理由で、妻と別居状態になってからも、愛人を囲ったりはしていなかったらしい。

だが、クリストファーが離縁してひとり身に戻ったとなれば、後添《のちぞ》いの座を狙う女性はいくらでも出てくるに違いない。

……こうなったら、この上なく素敵な女性を後添《のちぞ》いに迎えてもらって、彼が天下一の幸せ者になれるよう動くべきだろうか。

リュシーナは年の近い少女ばかりでなく、年上の落ち着いた女性とも交流がある。そのあたりから、ヘレンのお眼鏡にかなう女性をピックアップしてもらえば、クリストファーを幸せにしてくれる女性を見つけられるかもしれない。

彼には、すでにアルバートという立派な後継がいる。第二の人生をともに歩む相手は、政治的な思惑《おもわく》など関係なく、彼自身が好ましいと思える女性を選んでくれれば――

そこまで考えたところで、ハーシェスは根本的な問題に気がついた。

（……お仕事一本槍の隠れ子煩悩《こぼんのう》な侯爵が、女性ときゃっきゃうふふする甘ったるい時間を過ごしているところとか……。想像できません）

というより、恋愛初心者のハーシェスが他人様《ひとさま》に——それも自分よりはるかに年上で人生経験が豊富な相手に、何か言えるはずもない。

自分の思い上がりを反省したハーシェスは、先ほどの失言をクリストファーに詫《わ》びる。

「失礼いたしました。——離縁の手続きは、いつ頃なさる予定なのですか？」

「これから妻に代理人を送って、必要な書類はすぐに整える。別邸から彼女の私物をすべて運び出すには、それなりに時間が必要だろうがね。私が彼女を切ったことが伝われば、しばらくの間、余計な動きをする者はいなくなるだろう」

クリストファーは、そこで一度言葉を切った。

深いコバルトブルーの瞳がハーシェスを見つめる。

「彼らが今後、アルバートを認めるかどうかは本人次第だ。ティレル侯爵の名を背負うにふさわしい人間だと認められなければ、これからも今回のようなことは、何度でも起こるだろう」

「……はい」

「それは、アルバート自身が乗り越えていかなければならない壁だ。他人の手を借りるなど、断じて許されることではない。いずれ貴族の家を背負って立つ者が、他者に侮《あなど》られては必ず困ったことになる」

クリストファーの言葉に、ハーシェスは黙ってうなずく。

アルバートを守り、導くのは、彼のそばにいる大人たちの義務だ。しかし無用な手出しは、彼が自分の足で立つ力を失わせてしまうだけ。

ぐっと拳《こぶし》を握り込んだハーシェスに、クリストファーはさらりと続ける。

「――と、以前は思っていたのだがな」

「……はい？」

ハーシェスは、思わず眉を寄せた。

クリストファーの口元に微笑が浮かんでいるのを見つけて、戸惑う。

「きみを見ていて、思ったのだよ。平民であるがゆえに、貴族たちから侮《あなど》られることの多いきみは、しかし貴族たちよりもはるかにしたたかで逞《たくま》しい。ならば、周囲から侮《あなど》られることを恐れる必要などないのではないか、とね」

（えぇ……と？）

これは、褒《ほ》められている――のだろうか。ひょっとして。

「これからどのような生き方を選ぶかは、アルバート次第だ。それに、きみと過ごすようになってから、アルバートはずいぶん変わった。……いや、それは私もか」

「侯爵……？」

ふと、彼の瞳にどこか楽しげな色が滲《にじ》む。

「おかしなものだな。この年になってもまだ、きみのような若者から学ぶことがあるとは。――きみを、リュシーナの夫に選んでよかった」

「あ……りがとう、ございます」

不意打ちに賛辞を投げかけられ、声が上ずりそうになった。

（く……っ、普段めったに他人を褒《ほ》めない相手から褒《ほ》められるのが、こんなに嬉しいとは……とんでもねー破壊力ですね……ッ）

今、クリストファーに仕える人々の気持ちがよくわかってしまった。

彼の爪の垢《あか》を煎《せん》じて、父のルーカスに呑ませてやりたい。あのフリーダムすぎる商売人に必要なのは、きっとこういった大人の男の落ち着きなのだ。

ハーシェスは、自分がそんな父の血を引いている事実に、ちょっぴり悲しくなった。

だが、世の中には反面教師という素晴らしい言葉がある。

クリストファーのくれた言葉に恥じることのないよう、リュシーナを幸せにするためいっそう精進していくことを誓う。

その後、客間で待っているリュシーナたちに怪《あや》しまれないよう、招待客の好みに合わせたワイン選びについて相談して、クリストファーの執務室を出る。

廊下に出たハーシェスは、まだどこか憂《うれ》い顔をしている執事に向き直った。

「申し訳ありません。ひとつ、お尋ねしたいことがあるのですが——」

第九章　ほのかな期待

その晩、リュシーナは弟のアルバートとともに、父に呼び出された。

そして父が母のエリザベスと離縁したことを伝えられたのだが、リュシーナは首を傾《かし》げた。

数年前から別居している母が、あちこちの男性と戯《たわむ》れの恋を繰り返しているのは知っている。

政略結婚をした貴族の女性が、家庭の外に愛情を求めることは、さほど珍しくもない。

エリザベスに『母親』としての責務を期待しなくなったときから、リュシーナは、彼女がどこの誰と何をしていようと、知らないふりを貫《つらぬ》いてきた。

それは父も同じだろう。

なのに、今さらなぜ――

父は、娘の疑問を感じ取ったのだろう。小さく苦笑し、口を開いた。

「彼女がずっとつきあっている恋人は、チャールズ――おまえたちの、叔父《おじ》だ」

揃って目を丸くしたリュシーナとアルバートに、クリストファーは肩を揺らして笑った。

ふたりは、ますます困惑して顔を見合わせる。

父は、片手を上げてようやく笑いをおさめた。

「いや。すまんな。おまえたちが、あんまりそっくりな顔をして驚くものだから、つい」

リュシーナは眉を吊り上げた。

「笑いごとではありませんわ、お父さま！　お母さま――いえ、エリザベスさまがどこのどなたを恋人に据《す》えようと、わたしたちの知ったことではありません。ですが、最低限のわきまえはあってしかるべきです！　それなのに、まさかお相手が叔父《おじ》さまだなんて――！」

エリザベスに少しでも羞恥心《しゅうちしん》や道義心があるなら、夫の弟と通じるような破廉恥《はれんち》極まりない行為などできるはずがない。

自分たちの生みの親が、まさかこれほど恥知《はじし》らずな人間だったとは――

肩を震わせたリュシーナに、父は困った顔をした。

「それがどうやら、彼らは本気で想い合っているようでな。ふたりがやりとりしていた恋文を証拠として押さえてあるのだが、読んでいて恥ずかしくなるほど熱烈なものだったぞ。他の男ともつきあっている素振りがあったが、おそらくそれはカモフラージュのためだったのだろう。本命がチャールズだと露見《ろけん》してはまずいからな」

アルバートが半目になって、ぼそっとつぶやく。

「……父上。お気持ちはわからないではありませんが、そんな他人事《ひとごと》のようなお顔をなさらないでください。姉上のおっしゃるとおり、笑い話にしていいものではないでしょう」

しかしクリストファーは、あっさりと答えた。

「大丈夫だ。おまえたちが心配するようなことは何もない。すでにエリザベスは離縁状にサインをしているし、チャールズには、一門の実力者たち全員の署名の入った絶縁状を送りつけてある。おまえたちと彼らは、もう赤の他人だ」

リュシーナとアルバートは、揃って「はい？」と声を上げる。

話の展開が、あまりに早すぎる。

クリストファーは、また噴き出しそうな顔をした。

……自分たちの父親は、いつからこんなにわかりやすい人間になったのだろうか。

リュシーナは、小さくため息を吐く。

「……もう、すべて済んだことなのですね」

クリストファーは、うむ、とうなずいた。

「一門にとって害悪にしかならない者たちなど、さっさと放逐《ほうちく》してしまうに限る。……我が弟ながら、あそこまでの穀潰《ごくつぶ》しだとはな」

視線を逸《そ》らしながらぼやいた父に、アルバートが首を傾《かし》げる。

「チャールズさまは、それほど残念な方だったのですか？」

クリストファーは、ふっと遠くを見た。

「……実の弟でなければ、爵位を継いだときに叩き出していた。興味があるのは、酒と女性と賭《と》博《ばく》ばかり。父上から贈られた一生苦労しないだけの資産も、あっという間に失ってしまったようだ。それでも見た目は柔和な優男《やさおとこ》だったから、世話をしてくれる女性に事欠くこともなく、ヒモのように毎日ふらふらと遊んでいたらしい。何度注意をしても聞く耳を持たず、挙げ句の果てに、領民の娘にまで手を出そうとする始末。盛大に叱りつけて援助をすべてやめると脅《おど》したら、少しはおとなしくなったのだが――いつの間にかエリザベスに寄生して、我が家の資産を食いつぶしていた。――まだ聞きたいか？」

リュシーナとアルバートは、揃って首を振る。

父は自分たちが思っていたよりも、はるかに苦労人だったらしい。

リュシーナはむぅ、と眉を寄せた。

（でも、チャールズさまってそんなに魅力的な男性だったかしら。確かにきれいなお顔をなさっていたような気はするけれど、いつもへらへらとだらしない笑みを浮かべていらしたし、以前お会いしたときには、まるで舞台衣装のような格好をしていらしたわ）

リュシーナは、ふとヘレンの言葉を思い出す。有能メイドは、チャールズを称してこう言った。

――あの方は、俗に言う、自己陶酔の激しいナルシストかと思われます。大変に気色の悪い人種ですから、決して近づいてはいけませんよ。

（……お父さまを裏切って、あんなしなびたきゅうりのような男性に走るだなんて。まったくエリザベスさまは、つくづく男性を見る目のない方みたいね！）

幼い頃から無意識に抱いていた『父親から愛されたい』という願望が、ここ最近になって突如満たされた反動だろうか。リュシーナは、今や立派なファザコンと化していた。

彼女がぷりぷり憤《いきどお》っていると、クリストファーが少し困った顔になる。

「すまないな。この年になって妻と離縁するなど、外聞《がいぶん》がいいものではないとわかっている。だが――おまえの結婚式にあのふたりを揃って参列させるのは、さすがに我慢がならなかったのだ」

リュシーナは、即座にうなずいた。

何事にも限度がある。

一生に一度の大切な結婚式に、母親とその愛人が仲よく親族席に座っているなんて、想像するだけでもぞっとする。

「謝っていただくことなんて、何ひとつありませんわ、お父さま。わたしだって、そんなことはとても我慢できませんもの」

「その通りです、父上。むしろ、心から感謝いたします。姉上の晴れの日を、彼らのような破廉恥《はれんち》な人々に穢《けが》されたくありませんから」

きっぱりと言い切った子どもたちに、クリストファーはほほえんだ。

「……そうか。あぁ、ハーシェスくんには、離縁の理由を妻の不貞とだけ伝えることにする。私の不徳と身内の恥《はじ》を、婿殿には知られたくないのだよ。――わかってくれるな?」

リュシーナとアルバートは、ぎこちなくうなずいた。

ハーシェスに隠しごとをするのは、本意ではない。

けれど、自分たちの生みの母親がこんなにも情けない女性だと知られるのは、さすがにいやだ。

(こんなことで、わたしたちをおかしな目で見るような方ではないとわかっているけれど……。やっぱり、恥ずかしいものは恥ずかしいもの)

憂鬱《ゆううつ》な気分で自室に戻ったリュシーナは、控えていたヘレンに寝支度を整えてもらいながら、クリストファーから告げられたことをぽつぽつと語った。

話を聞き終えるまで黙っていたヘレンは、不思議そうな顔をして首を傾《かし》げる。

「ヘレン？　どうかしたの？」

ヘレンは、珍しく迷ったように、歯切れ悪く言う。

「……いいえ。大したことではないのですが、ただ――エリザベスさまは、リュシーナさまとハーシエスさまのご婚約以来、ずっとお体の調子が優《すぐ》れないという理由で、別邸から出ていらっしゃいません。てっきり旦那さまは、エリザベスさまをご病気ということにして、結婚式に参列させないおつもりなのかと思っていたのです」

「まぁ……」

婚約してからというもの、結婚式の準備と花嫁修業で手一杯だったリュシーナは、エリザベスの動向にまるで注意を払っていなかった。

ヘレンの予想が外れることなど、ほとんどない。おそらくクリストファーは、病《やまい》を理由にエリザベスを結婚式から遠ざけるつもりだったのだろう。

チャールズだって、クリストファーが『来るな』と一言命じれば済むはず。

そもそも数年前から彼らが通じていたとわかっていたなら、仕事の早いクリストファーのことだ、ふたりが正式に婚約する前にエリザベスたちを放逐《ほうちく》していてもおかしくない。

なぜ今になって、クリストファーはこんなにも性急に事を進めたのだろう。

リュシーナは首を捻《ひね》った。

「なんだか……やっぱり、違和感があるかしら？」

ヘレンは少し考えてから、にこりとほほえむ。

「まぁ、リュシーナさまが気にされるほどのことではございませんわ。旦那さまがエリザベスさまと離縁されたのでしたら、二度とあの方にお気を煩《わずら》わされることはなくなります。おめでたいことではありませんか」

そう言われると、確かにめでたいこと——いや、ありがたいことだと思えてくる。

どことなく釈然《しゃくぜん》としないながらも、リュシーナはベッドに入り、そっと息を吐いた。

エリザベスのことを、リュシーナはずっと憎んでいた。

彼女が幼い弟にした仕打ちを許すことができず、謝罪の言葉ひとつなく彼女が別邸に移り住んでからは、存在そのものを忘れるようにしてきた。

……自分は憤《いきどお》りのままに、意地を張って彼女を拒み続けてきた。

(でも、わたし……。あの方のことを、何も知らないわ)

リュシーナは、きゅっと唇を噛《か》んだ。

ティレル侯爵家の第一子として、優しい乳母《うば》と厳しくも温かい家庭教師に、大切に育てられたリュシーナ。彼女は、そもそもエリザベスと顔を合わせる機会が多くなかった。

そうして二度と会わないと宣言したあとは、すべて人から伝え聞いた彼女の姿しか知らない。

自分の目で見た彼女の姿、自分の耳で聞いた彼女の言葉——それらは、子どもの頃の遠い記憶に残っているものばかり。

今さら、エリザベスを許すつもりなどない。

けれど――

（一度もエリザベスさまの言い分を聞かないまま、すべてを切り捨てるのは……やっぱり、公平とは言えないのじゃないかしら）

父クリストファーのことだって、言葉を交わすようになるまでは、心を開ける相手だと考えていなかった。しかし、今は違う。

もし――もしエリザベスと実際に言葉を交わして、そこからほんの少しでも何かを感じることができたなら。

せめて彼女が、アルバートに対してすまないと思う気持ちをかけらでも抱いていたなら。

自分という存在をこの世に生み出した女性を、一生憎み続けなくても済むのではないか。

アルバートの心だって、少しは救われるかもしれない。

こんな形でクリストファーとエリザベスが離縁した以上、これからリュシーナと彼女の人生が交わることはない。

父の話だと、エリザベスは明日にでも別邸を引き払い、出ていくような雰囲気だった。

そうなれば、リュシーナはもう二度と、彼女と話ができなくなる――

（……っあぁもう！　こうやってうじうじ悩んでいたって、本当のことをご存じなのはエリザベスさまだけなのよ！　答えなんて出るわけがないわ！）

リュシーナは勢いよくベッドから体を起こすと、暖かなガウンに袖を通して、寝室の扉を開いた。

彼女のドレスの手入れをしていたヘレンが、心配そうな顔をしてこちらを見る。

「どうなさいました？　お眠りになれないのでしたら、ホットミルクに蜂蜜《はちみつ》を垂らしてお持ちしましょうか」

「……ヘレン」

「はい。なんでしょう？」

リュシーナはゆっくりと息を吐いてから、穏やかに笑っている彼女に告げた。

「エリザベスさまに、お会いしたいの」

そう言った途端、ヘレンの目が丸くなる。

……こんなときだというのに、リュシーナは、生まれてはじめて彼女を驚かせることができた快挙を祝いたくなった。


翌朝、リュシーナは「気晴らしに街で買い物をしてくる」と心配顔の執事に告げて馬車に乗り、屋敷を出た。

向かいの席に座っているヘレンが、珍しくむっつりとしながら黙りこんでいるのを見て、ぎゅっと両手を握る。

馬車の御者役《ぎょしゃやく》を務める少年は、リュシーナの『内緒のお願い』を快《こころよ》く引き受けてくれた。しかし、彼の本来の主《あるじ》は、あくまでもクリストファーだ。

リュシーナは自分のわがままで、彼に嘘をつかせたのである。どれだけ叱られても仕方がない。

どんなお説教でも甘んじて受けましょう、と神妙にうつむく。

しかし、聞こえてきたのはお説教モードのときの声ではなく、ひどく苦《にが》そうなため息だった。

おそるおそる顔を上げると、ヘレンは眉間に皺《しわ》を寄せて口を開く。

「……リュシーナさま。世の中には、知らないほうが幸せなことも、あるのでございますよ」

「え？」

目を瞠《みは》ったリュシーナに、ヘレンは静かに続ける。

「ここはあえて、言葉を選ばずに申し上げますが――。エリザベスさまは、典型的な古い貴族の女性です。侯爵夫人として優遇されることになんの疑問も抱かず、周囲の人間が己に傅《かしず》くことは当然だと思っていらっしゃる。あの方は、平民の男性と結婚されることになったリュシーナさま、そしてそれをお許しになった旦那さまを、さぞ悪《あ》し様《ざま》に罵《のの し》っているでしょう。それをご理解された上で、あの方にお会いしたいとおっしゃるのですか？」

リュシーナは、小さく息を呑んだ。

あらためてその事実を突きつけられると、やはり胸の奥が鈍《にぶ》く軋《きし》む。

「……ええ」

しかし、リュシーナはエリザベスに直接確かめてみたかった。

「わたしは、ずっと知りたかったの。あの方に、尋ねてみたかった」

まだ幼かったあの日――泣くことさえ忘れて人形のようになってしまったアルバートを抱きしめ、彼の代わりに涙が涸《か》れるほど泣いたときから。

「どうしてあのときエリザベスさまは、アルバートのことを守ってくださらなかったのかしらって。

あの方に直接、聞いてみたかったの」

「リュシーナさま……」

困惑した様子のヘレンに、リュシーナはほほえむ。

「この訪問に、意味がないのはわかっているわ。ただわたしは、最後に確かめたかったの。あの方が本当はどんな女性なのか、自分の目で見てみたかった。……それだけなのよ」

馬車がたどり着いた郊外の別邸は、まだ早い時間にもかかわらず、ずいぶんと騒がしい様子だった。

別邸の門から少し離れた角で、ヘレンとともに馬車から降りる。

リュシーナは、彼女から借りたシンプルな茶色のコートをまとっていた。

結い上げた髪も、焦《こ》げ茶色の大きな帽子の中に隠している。マフラーで顔の下半分を覆《おお》ってしまえば、自分が本邸の娘だと気づく者はいないだろう。

ヘレンは、門番に指輪を見せる。

ティレル侯爵家の使用人が持つ、身分を示すための指輪だ。

疲れた顔をした門番は指輪を見て、あっさりふたりを通してくれた。

屋敷の裏口に回ったヘレンは、使用人用の出入り口を素通りすると、手袋をはめた手で、なぜか屋敷の壁を探りはじめた。

困惑したものの、ヘレンは意味のない行動などめったにしない。

やがて「あ、これですわね」とヘレンがつぶやくと、目の前の壁面に、人がひとり通れるくらいの穴がぽっかり空いた。

リュシーナは、危《あや》うくその場にへたりこみそうになる。

この屋敷は、ティレルの本邸を出る際、エリザベスが知人の未亡人から買い取ったものだと聞いている。もっとも金を出したのはクリストファーなので、ティレル家の別邸扱いになっているのだが。

ヘレンは、一体どこでこんな情報を仕入れてきたのだろうか。

リュシーナの疑問を察したのか、ヘレンは振り返ってにこりと笑う。

「いつか役に立つことがあるかと思いまして、以前の持ち主の使用人から聞き出しておきましたの」

「……そう。ありがとう」

リュシーナは小型のランプを手にしたヘレンに先導され、埃《ほこり》っぽい通路に足を踏み入れた。

貴族の屋敷に設けられた秘密の抜け道は、大抵、主寝室に繋がっている。

息をひそめながら進んでいくと、ヘレンは振り返り、人差し指を立てた。

耳を澄ますと、女性のヒステリックな喚《わめ》き声がうっすら聞こえてくる。

何を言っているのかわからなかったけれど、この屋敷で居丈高《いたけだか》に喚《わめ》くことができるのはエリザベスだけだ。

こんな調子の彼女と、まともに話などできるだろうか。

不安に思っていると、急に壁の向こうが静かになった。

ヘレンは「ちょっとだけ待っていてくださいませね」と言い、ランプを差し出してくる。それを受け取ると、彼女は再びぺたぺたと壁を探り、難なく抜け道の出口を開いた。

……もしかしたら、ヘレンは盗賊としても立派にやっていけるかもしれない。

彼女はするりと出口の向こうに消え、しばらくして「どうぞ。もう結構ですわ」とリュシーナを呼んだ。

出口の先は、やはり寝室だった。暗い色調の壁紙が貼られた寝室の先には、開け放たれた扉が見える。それをくぐれば――

（……ヘレン。あなたの万能っぷりが、ちょっとだけ怖くなってきたわ）

ゆったりとした部屋着を着た金髪の女性が、床に押し倒されていた。

彼女を押し倒しているのは、ヘレンである。

ヘレンは馬乗りになって彼女の口を左手で押さえこみ、右手の人差し指と中指を相手の両目に据《す》えていた。

室内に目を向ければ、さまざまなものが散乱している。エリザベスが八つ当たりした結果だろうか。

青ざめた女性は今にも気絶しそうな様子だったが、そんな彼女に、ヘレンは優しげに声をかけた。

「エリザベス・リンドハーストさま。これからあなたさまの口を自由にいたします。間違っても大声を出したりなさらないでくださいませ。実は私、こういった荒事には不慣れなものですから、驚いて、うっかりあなたさまの両目を潰してしまいかねませんの。よろしいでしょうか？」

女性は、ぱちぱちと瞬《まばた》きをする。ヘレンが口元から左手を離すと、恐怖に歪《ゆが》んだ顔があらわになった。

おそらく彼女がリュシーナの生みの親――エリザベスだろう。

肖像画に描かれた若かりし頃のエリザベスは、精悍《せいかん》なクリストファーの隣に並んでも見劣《みおと》りしない、華やかな美貌《びぼう》を誇る女性だった。リュシーナの記憶に残るエリザベスも、その姿だ。

しかし、こうして見る彼女はひどく小さく、色褪《いろあ》せて見える。

リュシーナは、ゆっくりとマフラーを外した。

そして帽子も外すと、にこりとほほえんで礼を取る。

「ごきげんよう、エリザベスさま。もう八年――いえ、九年ぶりになるでしょうか。このたびはお父さまと離縁なされたそうで、心からおよろこび申し上げます。これからはどうぞご自由に、愛する男性とふたりきりで生きていってくださいませ」

目を見開いたエリザベスは、ひゅっと息を呑む。

「……っ」

エリザベスの頬に朱が上ったけれど、こんな程度の低いいやみを言うために、わざわざここまで来たわけではない。

「エリザベスさま。これから三つ、質問させていただきます。イエスなら瞬《まばた》きを一度、ノーなら二度なさってください。よろしいですか？」

――一度。

「ありがとうございます。それでは、ひとつめの質問です。――エリザベスさま。九年前、あなたとアルバートの乗った馬車が暴漢《ぼうかん》に襲われたときのことですが……」

ぐっと唇を噛《か》んで、リュシーナは続けた。

「あのとき、あの子は……アルバートは、あなたを守ろうとしたのですね？」

ずっと、気になっていた。

アルバートに残された傷は、すべて体の前側――肩口から腹にかけてと、左腕の内側を深く裂いたものだったから。まるで何かを守るため、両手を広げて立ち塞《ふさ》がったところを、容赦なく斬り捨てられたかのように。

不安定に揺れていたエリザベスの目が――一度、瞬《また》く。

リュシーナは、小さく息を吐いた。

「……やはり、そうでしたか。それでは、ふたつめの質問です。あのときの暴漢《ぼうかん》が、当時あなたの愛人だった男性だというのは、間違いありませんか？」

エリザベスだけでなく、ヘレンまで驚いたように目を瞠《みは》る。

しかし、エリザベスからはヘレンの様子がわからないのだろう。

――嘘をつけば、即座に目を潰される。

そんな恐怖心が、彼女を支配しているのかもしれない。

瞬《まばた》きが一度、ぎこちなく返ってくる。

リュシーナは、ふっと息を吐いた。

目を閉じ、呼吸を整え——そうして再び、目を開く。

「それでは、最後の質問ですわ。エリザベスさま。——その男性は、あなたを攫《さら》って逃げようとされたのですね？　だから、アルバートは死にかけるほどのひどい傷を負ったのに、あなたは掠《かす》り傷ひとつ負わなかった。あなたを愛した愚《おろ》かな男性は、あなたを傷つけることができなかった。そしてあなたもまた、その相手を愛していた……そういうことだったのでしょう？」

アルバートと同じ馬車に乗っていたエリザベスは、無傷のまま——身につけていた宝飾品さえ奪われていなかった。

そして暴漢《ぼうかん》が逃げ去ったあと、エリザベスは犯人についてほとんど証言せず、顔をはっきり見ていない、わからない、と言うばかりだったと聞いている。

……その理由が、今なら少しだけわかる気がした。

ハーシェスに出会って、リュシーナは生まれてはじめて恋をした。

彼とともにある未来を守るためなら、自分はどんな愚《おろ》かなことだってするだろう。

恋をすると、その相手と自分以外のことなど、何ひとつ目に入らなくなるから——

エリザベスは、青ざめて震えている。しかし、やがて——一度、目を瞬《またた》かせた。

ふっと、詰めていた息を吐き出す。

……確信が、あったわけではない。

すべてはリュシーナの想像だったのだが——

「そうですか」とうなずいたリュシーナは、再びにこりとほほえんだ。

「申し訳ありません、エリザベスさま。もうひとつお尋ねしたいことがあったのを忘れておりました。あの日、アルバートを斬り、あなたとともに逃げようとしたのは、チャールズさまだったのですか？」

不意打ちの問いかけに、エリザベスの瞳が大きく見開かれる。その表情は、言葉よりも雄弁に答えを物語っていた。

彼女は掠《かす》れた声で、「なぜそれを……」とつぶやく。

「昨夜、父から、あなたとチャールズさまが想い合っているようだと聞きましたの。もしやと思って、確かめさせていただきました」

エリザベスの瞳はますます大きく見開かれたが、すぐにこちらを睨《にら》みつけてきた。

ほんのわずかに残っていた彼女に対する期待は、ひんやりと冷えて固まり、ぽろぽろと崩れ落ちていく。

(もう……いいわ)

彼女と話をしたいと思って、ここまで来た。

けれど、もういい。

もう、そんな必要ない。

「……ヘレン」

「はい。リュシーナさま」

——本当に、ヘレンの言葉はいつだって正しい。

確かめたい、確かめなければならない——そう思いながらも、やっぱりこんなことは知りたくなかった。

自分とアルバートを生んだ女性が、こんなにも浅ましく、卑怯な人間だったなんて。

「少し、エリザベスさまを押さえていてちょうだい」

そう言ったリュシーナは、近くに落ちていたハンカチーフでエリザベスを後ろ手に拘束し、猿ぐつわを噛ませて声を出せないようにする。

エリザベスをうつぶせにしたリュシーナは、屈辱《くつじょく》に震えて睨《にら》みつけてくるエリザベスに笑みを向ける。そして彼女によく見えるよう、外出時には常に持ち歩いている護身用の懐剣《かいけん》をゆっくり取り出す。

顔を強張《こわば》らせたエリザベスは、くぐもった悲鳴を上げた。

リュシーナはくすくすと笑う。

「何を怯《おび》えていらっしゃいますの？　まさか、あなたの体にアルバートと同じ傷をつけるとでも思いましたか？　そんな野蛮なことをするわけがないではありませんか。無抵抗の人間に一生消えない傷をつけて恥じない、チャールズさまのような卑怯者と、一緒にしないでくださいませ」

「……！」

こんな状況でも、愛《いと》しい男を貶《けな》されるのは、我慢ならなかったのだろうか。エリザベスの瞳に、壮絶な敵意が浮かぶ。

——その瞬間、リュシーナは理解した。

エリザベスは、どこまでいっても愚《おろ》かな『女性』でしかないのだと。

彼女は貴族女性の義務としてリュシーナとアルバートを生んだけれど、『母親』になったわけではなかったのだと。

「……あなた方がアルバートから奪ったのは、あの子が望んでやまなかった誇りです。あの子はあなた方の愚《おろ》かさのせいで、騎士の誇りを手に入れることは決してできなくなってしまいました」

ですから、とリュシーナはエリザベスに告げた。

「わたしはあなたから、あなたの誇りを奪います。――女性としての、あなたの誇りを」

リュシーナの意を察したヘレンが、ぐっとエリザベスの肩を押さえつける。

一体何を、と怯《おび》えた顔をしたエリザベスに、リュシーナは震えそうになる手を叱咤《しった》しながら、どこまでも穏やかにほほえんだ。

「どうか、暴れたりしないでくださいませね。わたしは不器用なほうではありませんけれど、今まで女性の髪を切ったことはないのです。少しでも動かれてしまうと、手が滑って、あなたの首まで切ってしまうかもしれませんわ」

その瞬間、絶望の表情を浮かべたエリザベスの喉《のど》から、声にならない絶叫が上がった。

髪の美しさを誇る貴族の女性にとって、それを切られるのがどれほどの恥辱《ちじょく》と恐怖かはリュシーナにもわかる。

こんなことをしたところで、誰が喜ぶわけでもないとわかっている。

それでも――

「エリザベスさま」

最後に、告げる。

「あなたがアルバートにしたことを、わたしは一生許しません。……これから毎日鏡を見るたび、どうぞそのことを思い出してくださいませ」

——リュシーナの中にこんな憎しみを作ったのは、紛《まぎ》れもなくエリザベスなのだと。

第十章　ラスト・レッスン

結婚式を二十日後に控えたうららかな春の日に、ハーシェスは四年間世話になった騎士団の宿舎をあとにした。

団員たちとはこれまでのように毎日顔を合わせることもなくなると思うと、それなりに感慨深かったが、親しくしているメンツとは、どうせすぐに結婚式で顔を合わせることになるだろう。

騎士服の襟元を飾っていた徽章《きしょう》を事務の担当者に返還し、仲間たちと笑い合って別れの挨拶《あいさつ》を交わす。

ハーシェスは、騎士団本部の門を出たところでぐっと伸びをした。

「ようやく、お役ご免だな」

ハーシェスに笑いながらそう言ったのは、同じく本日付で騎士団から退団したラルフだ。

彼はクラウディオの喪が明け次第、正式にヴィンセント公爵家の後継となることが決まっている。

――爵位の継承権を放棄し、一生気楽な騎士として生きていく道も選べただろうに、彼はそうしなかった。

ラルフが何を考えて、今の道を選んだのかはわからない。

ただわかっているのは、その道を進めば、ハーシェスには想像もできないほど重い責任を負わねばならないということだ。

それでも、彼は選んだ。誰に強制されたわけでもなく、自分の意思で。

「……おまえは、これからが本番だろ」

思わずそう言うと、一瞬目を瞠《みは》ったラルフだったが、すぐさまあきれ返った顔になる。

「もうすぐ結婚式で、花嫁の添えものを立派に務めなきゃならねぇ野郎に言われたかねーぞ。……つうかおまえ、なんかテンション低くねえ？　マリッジブルーか？」

ハーシェスはむっとした。

「誰がマリッジブルーだ。オレは今、この世の誰よりも美しい女性との結婚を間近に控えた、三国一の幸せ者だぞ。その点について、断じて異論は認めない」

「……へいへい。おれが悪うございました」

苦笑を浮かべたラルフが、ひょいと肩をすくめる。

そして少しの間、何かを考えるようにどこか遠くを見たあと、ゆっくりと口を開いた。

「落ち着いたら、美人の嫁さんとアルバート殿を連れて遊びに来い」

ハーシェスは、ラルフの横顔に目を向けた。ラルフはこちらを見ながら小さく唇の端を上げる。

「前に言っただろう。おまえは、おれの『弱点』だ。シェス」

だから――と以前とは少し違う表情で、ラルフはまっすぐにハーシェスを見た。

「おまえが守りたいもののために必要なら、『ヴィンセント』の名くらい、いくらでも利用させてやる。……アルバート殿は、優しい子だ。大事にしてやれ」

「……ああ。わかってる」

——本当に、ラルフには借りばかりが増えていく。

クラウディオが、どれほど公爵家を『きれいに』していったのかはわからない。

だがそこに甘い蜜があれば、浅ましい欲に駆られた蟻《あり》は、どこからでも、いくらでも湧いて出てくるものだ。

「ラルフ」

「なんだ？」

「逃げたくなったら、いつでも言え。どこでも好きな国の居住権を用意してやる」

——逃げ道は、ある。

守ってくれる兄のいなくなった公爵家で、たったひとりで生きていかなければならない彼に、それだけは伝えたかった。

虚《きょ》を衝《つ》かれたように瞬《まばた》きしたあと、ラルフはふっと微笑した。

「……そうか」

ぐしゃりと前髪を掻《か》き上げて、小さく息を吐く。

「まぁ……うん。……そんときは、頼むわ」

「ああ。おまえがこれからどんな道を選ぼうと、オレだけは、何があってもおまえを肯定してやる。——それだけは、信じてろ」

自分がラルフに約束できるものなんて、これくらいしかない。

その後、それぞれ待たせていた馬車に乗りこんでラルフと別れたハーシェスは、窓枠に肘を乗せて苦く息を吐いた。

念願のリュシーナとの結婚式を間近に控えながら、ラルフが指摘した通り、テンションがかなり低めなのは自覚している。

（ったく……。こんだけ探しても、手がかりすら見つからないとはな）

――ティレル侯爵家の妻が、代々受け継いできた首飾り。

クリストファーが侯爵夫人との離縁を決めたあの日、ハーシェスは彼の執事からその特徴を細かく聞き出した。

侯爵夫人から首飾りを騙《だま》し取っていった男は、もともと裕福な貴族の子弟という触れ込みで彼女に近づいており、宝石を見る目も確かだったという。しかし、男の詳しい素性はわからない。

もしかしたら男は、最初から首飾りを手に入れるために侯爵夫人に近づいたのかもしれない――

執事は苦々しげにそう言っていた。

その男の目的が、首飾りを売りに出すことでなく、自分の――あるいは男と取引のある誰かのコレクションに加えることだったなら、いまだどこにも出回っていないことに納得できる。

足がつかないよう首飾りがバラされた可能性も考慮して、最も価値の高いメインの宝石が裸石《ルース》として流通していないかも確認してみたが、今のところそんな形跡はどこにもなかった。

（コレクション目的だとしたら……さすがに、追いきれねェか）

件《くだん》の首飾りは、ティレル侯爵家の初代が妻のために誂《あつら》えたものだという。現在では再現不可能な技法をもって最高級の宝石を加工した、国宝級の逸品だ。代々、当主に嫁《とつ》いだ女性に受け継がれ、次はアルバートの未来の妻が手にするはずだったもの——

マニアックなコレクターの中には、目的の品を手に入れるためなら、手段を選ばない者もいると聞く。その首飾りほどの品なら、喉《のど》から手が出るくらい欲しがる者もいるだろう。

そもそも首飾りが紛失した際に、ティレル家でも密かに行方を追ったと聞いている。徹底的に調べたそうだが、その行方は杳《よう》として知れなかった。

ラン家の情報網をもってしても、手がかりひとつすら掴めないのだ。おそらく首飾りを取り戻すのは不可能に近いのだろう。

再度ため息をついているうちに、馬車はラン家の屋敷に到着した。

ハーシェスは、この馬鹿でかい屋敷が自分の実家だということに、いまだ慣れない。

リュシーナとの生活がはじまるのは、あと少し先のこと。それまでハーシェスは、実家に滞在する予定だ。

リュシーナとの新居は、実家の隣の区画に見つけた屋敷である。

この屋敷は、どこぞの貴族がかなりの気合いと資金を投入して建てさせたものらしく、どの部屋も天井が高く、広々としていて居心地がいい。

繊細なレリーフの施《ほどこ》された大きな窓からは太陽の光が柔らかく注《そそ》ぎ、明るい色合いの壁や木材と相まって、とても開放的な雰囲気があった。

少しずつ家具を揃えて運び込んでいるが、それらの手配をしたのは、ほとんどが母のパトリシアだ。

はじめてラン家に挨拶《あいさつ》に来たとき、リュシーナはパトリシアを見て、「ハーシェスさまのお姉さまですか?」と言った。これはお世辞でも社交辞令でもなく、ただ単に、母の若作りが化《ば》け物じみていたからだろう。

何しろパトリシアは、ハーシェスが十四の年に家を出てからほとんど容姿が変わっていない。

ハーシェスにわかるのは、髪型の変化だけである。

「だって、それだけお金と時間をかけているもの。女の美しさがタダで手に入ると思ったら大間違いよ?」

そう言ってにっこりほほえむ母は、ラン商会で扱う化粧品の広告塔としても活躍している。

それはさておき、彼女は根っからの『きれいなモノ好き』だ。

リュシーナと挨拶《あいさつ》を交わしたとき、母は温かな笑顔で彼女を歓迎した。そして、リュシーナが帰ったあとにハーシェスが見たものは――

きらきら顔を輝かせ、満面の笑みで力強く親指を立てる母親の姿だった。

……ハーシェスの女性の好みは、母譲りなのかもしれない。

とはいえ、母親が妻となる女性を気に入ってくれたのは、ありがたいことである。

そんなことを考えながら、屋敷の自室にたどりついたハーシェスは、机の上に飾り気のない封筒を見つけた。差出人はヘレンである。

――なんだか、やけに分厚い。

一体なんだろうと首を傾《かし》げつつ封を開いたハーシェスは、危《あや》うくその場に崩れ落ちそうになった。

(ヘレンさん……。お気遣《きづか》いは大変ありがたいですし、お役立ちな情報をいただけて、心から嬉しく思うのですが……っ)

ハーシェスは、再び手紙の冒頭に目を落とす。そこには、いつも通りの淡々とした筆致《ひっち》でこう書かれていた。

『女性経験のない男性に贈る、素敵な初夜を迎えるための心構え～男性の妄想は、女性にとっての悪夢です～』

いつも思うのだが、ヘレンはこの濃すぎる情報を一体どこから仕入れているのだろうか。

ハーシェスは、この手紙に目を通すべきか否《いな》かたっぷり悩み、そして――

(……うん。たとえどんなものであったとしても、知識って大事だと思うんだ)

悟りを開いたハーシェスは、その後、ヘレンからの手紙――ラスト・レッスンに隅から隅まで目を通し、暗記するように繰り返し読み込んだ。

やがてそれを丁寧にたたんで封筒に戻すと、ハーシェスは金庫の奥に大切にしまいこむ。

いつか息子が生まれ、彼に心から愛《いと》しい女性ができたとき、『おまえの偉大なる伯母上からの教えだ』と伝えて、そっと手渡してやろうと思いながら。

◆　◇　◆

結婚式の当日は、雲ひとつない見事な快晴だった。

寝不足の頭ではリュシーナの花嫁姿を堪能《たんのう》できないだろうと自分に言い聞かせ、ハーシェスは前日の夜、どうにか根性で眠ることに成功した。

そして今、冴《さ》えわたる頭でリュシーナの美しさを堪能《たんのう》していたのだが――

「リュシーナ……すごく、きれいだ」

そんな褒《ほ》め言葉しか出てこない自分が情けない。ありきたりにもほどがある。

しかし、それ以外に言いようがなかったのだ。

「……ありがとうございます。ハーシェスさまも、とても素敵で……その、どきどき、します」

少し恥ずかしそうに、そして嬉しそうにほほえむリュシーナは、ほっそりした体のラインを美しく見せてくれるデザインのウェディングドレスを身にまとっている。

胸元から膝上のあたりまでは光沢のある生地が滑《なめ》らかな曲線を描き出し、その下は、大輪の花を思わせる幾重にも重なったシフォンが、ふんわりと広がる。

艶《つや》やかな銀髪には、真珠のヘアピンと、ドレスと同じ生地のヘッドドレス。首元には真珠のネックレスが光り、耳の上にはブーケと同じ白いバラが飾られていた。

もともと化粧など必要ないほど美しい肌だが、今日ばかりはほんのりと色がのせられ、いつもより艶《つや》めいて見える。

できることなら、このままずっと彼女の花嫁姿を眺めていたかったが、そういうわけにはいかない。

「それじゃあ……祭壇の前で、待ってる」

「はい。ハーシェスさま」

頬を染めてうなずくリュシーナの指先にキスを残して、一足先に花嫁の控え室を出る。

これから祭壇の前で永遠の愛を誓い、結婚誓約書にサインすれば、リュシーナは正式にハーシェスの妻となる。

危《あや》うく顔が緩《ゆる》みそうになるのを気合いでこらえ、ハーシェスは歩を進める。そこで、ハーシェスにすっと近づいてくる者がいた。

短く刈り込んだ褐色の髪に、怜悧《れいり》な印象を与える琥珀色《こはくいろ》の瞳。大きな猫科の獣《けもの》のような、隙のない物腰でそばに寄ってきたのは、補佐役のニコルである。

騎士団を辞め、本格的にラン商会の仕事をはじめたハーシェスに、父ルーカスはひとりの青年をよこした。補佐とガードを兼ねるこのニコルは、表情こそ冷たいが、相当な美貌《びぼう》の持ち主である。

彼は、他人には聞き取れないような低い声で告げた。

「先ほど宴《うたげ》の間《ま》に侵入者が現れました。警護の担当が捕縛して雇い主を吐かせたところ、ダニエル・トゥエンでした。これまでの嫌がらせも、彼が仕組んでいたようです。近くを調べたところ本人が潜《ひそ》んでいましたので、私が直接警告いたしました。金輪際《こんりんざい》こちらに関わらないとお約束してくださいましたので、これ以上のことはないと思われます」

ニコルは淡々とした口調で報告する。

……一体どんな警告をしたのだろう。少々気になったが、ニコルの『警告』は父仕込みだ。彼がそう言うなら、問題はあるまい。

「ただ――」

しかし、そこで珍しくニコルは言いよどんだ。視線だけで続きを促《うなが》すと、ニコルは上着の内ポケットからビロード張りの平たい箱を取り出した。

「実は、侵入者を片づけたのは、警護の者ではありません。突然現れた何者かが、侵入者たちを一瞬で行動不能にしたそうです。彼はハーシェスさまに渡してほしいと言って、これを置いていきました。おそらくですが……以前、ハーシェスさまがお探しになっていたものではないかと」

「……なんだって？」

ハーシェスは、差し出された箱を開けた瞬間、息を呑んだ。

――中央には、うずらの卵ほどもある大きなサファイア。そのまわりには見事な輝きを放つ透明なダイヤが連なり、台座は繊細な細工の施《ほどこ》されたプラチナでできている。

神々《こうごう》しい輝きを放つその首飾りは、ティレル侯爵家の肖像画に描かれていたものだ。代々のティレル侯爵夫人の首元を彩《いろど》ってきた、青の貴石。

それが今、間違いなくハーシェスの手の中にあった。

「……ニコル。これを置いていった人物は……ほかに何か、言っていなかったか？」

ゆっくりと箱の蓋《ふた》を閉じながら問うと、ニコルは少し迷うようにしてから答えた。

「……主《あるじ》からの伝言だと前置きした上で、『結婚おめでとう。きみが贈ってくれた絵のおかげで、弟に土下座したくなった。これを所有していた人物に、きみは謝罪すべきかもしれないね。私に八つ当たりされたせいで、すっかり一文なしになってしまったよ』と」

（は……）

ハーシェスの脳裏に、人間離れした美貌《びぼう》を持つ、公爵家の元後継者の顔が浮かぶ。現在はどこぞの地下組織でトップを張っている、ブラコンを盛大にこじらせた男。

「く……は、うはは……っ」

笑いをこらえきれず、ハーシェスは腹を抱えて肩を揺らした。

——本来であれば、ここはクラウディオの厚意に感謝すべき場面なのだろう。しかしそれ以上に、いろいろツッコみたくて仕方がない。

（さ……さすが、裏の情報網ハンパねー！　ってか、どんだけひでえ八つ当たりしてんだよ！）

まったく、なんという結婚祝いだろうか。

ようやく笑いの発作から復帰したハーシェスは、姿勢を正して咳払いする。一体何事かという顔をしているニコルになんでもないと手を上げると、こちらに駆け寄ってくるアルバートの姿を見つけた。

「ご結婚おめでとうございます、義兄上《あにうえ》！」

「……ああ。ありがとう、アルバート」

なんの曇りもない、明るい笑顔。

彼はいつから、こんな笑顔を見せてくれるようになったのだろう。

「本当に、大勢のお客さまをご招待したのですね。父上はまだみなさんとご挨拶《あいさつ》しているのですけど、姉上の晴れ姿を早く見たくて、私は先に来てしまいました」

屈託なく顔を綻《ほころ》ばせて言うアルバートに、そうか、と笑ってうなずく。

「リュシーナも、早くおまえに見てもらいたいだろう。控え室の場所はわかるか？」

「はい、大丈夫です。——はじめまして。リュシーナの弟の、アルバート・ティレルです」

アルバートから初対面の挨拶《あいさつ》を向けられたニコルは、一瞬戸惑うような表情を浮かべる。しかしすぐに、礼儀正しく腰を折った。

「お初にお目にかかります、アルバートさま。私はニコル・ジェントリーと申します。以後お見知りおきを」

「こちらこそ、よろしくお願いします。では義兄上《あにうえ》、姉上にもお祝い申し上げてきますね」

ぺこりと一礼し、アルバートは弾むような足取りで花嫁の控え室に駆けていく。

アルバートの後ろ姿を見送っていたニコルは、小さな声でたずねた。

「……あの方が、未来のティレル侯爵ですか？」

「可愛いだろう？」

孤児として貧困街で育ったニコルは、貴族にさほどいい印象を抱いていない。幼い頃、貴族と関わって嫌な目に遭《あ》ったという。

そのため、リュシーナのことも『ハーシェスの妻』としか認識していなかったのだが——今はひどく困惑した表情を浮かべていて、なんだかおかしい。

ニコルは、侯爵家の子息であるアルバートが、平民の自分に挨拶《あいさつ》をしたのが意外だったようだ。

ましてや付き人や護衛にまで挨拶《あいさつ》をする貴族など、ほとんどいない。

ニコルは、わずかに首を捻《ひね》った。

「確かに、お可愛らしい方でしたが……。左腕にお怪我でもなさっているのでしょうか。少し、お辛そうな感じがいたしました」

——さすがは、ガードのスペシャリスト。ニコルの目のよさに、ハーシェスは小さく息を吐く。

「本人には言うなよ。子どもの頃、暴漢《ぼうかん》に襲われて受けた傷のせいらしい」

ハーシェスの言葉に、ニコルが短く息を呑んだ。

「……承知いたしました」

ぎこちなくうなずいた彼の胸元を、ハーシェスは手にしていたビロードの箱で軽く叩いた。

「じゃあ、オレはそろそろ行かなきゃならん。これは、侯爵に渡しておいてくれ」

「はい」

クリストファーの驚いた顔を見られないのは残念だが、この首飾りは彼の手にあるべきものだ。

こんなふうに彼を驚かすことができる機会など、もう二度とないだろうな——

ハーシェスはそう思いながら、一足先に祭壇の前に立った。

参列者の中に、ヴィンセント公爵家の紋章を胸に飾ったラルフの姿が見える。新婦側の席で、すでに潤《うる》みはじめた目をハンカチで押さえているのは、リュシーナの友人であるステラ・ウェンデル伯爵令嬢だ。

ふと、リュシーナに招かれ、ラルフやアルバートとともにステラの歌を聴いたときの感動を思い出す。『ウェンデル伯爵家の歌姫』の歌声は、まさに天上の調べと称されるに相応《ふさわ》しいものだった。

ラルフも、彼女の歌を絶賛していた。音痴《おんち》でも歌の良し悪しがわかるとは、少々意外だ。

やがて大勢の参列者も揃い、扉の先にリュシーナとクリストファーが現れた瞬間——

（……え？）

ハーシェスは目を丸くした。

目元を柔らかなヴェールで隠しているが、リュシーナが困惑の表情を浮かべていることはよくわかる。

彼女の首元を彩《いろど》っているのは、間違いなく例の首飾りだ。ティレル侯爵家の当主の妻だけが持てる、至高の青。

参列者の中には、その首飾りの意味を知る者もいたらしい。驚いた表情を浮かべ、顔を見合わせている者たちもいた。

何食わぬ顔をしてハーシェスの前にやってきたクリストファーは、目が合うといたずらが成功した子どものように、にやりと唇の端を上げる。

ハーシェスは、なんとも言えない気分になった。

（……ハイ。アナタの勝ちです、侯爵）

盛大に驚かせたつもりだったが、逆にすっかり驚かされてしまった。

将来のアルバートの妻ではなく、リュシーナが首飾りをつけている——それがどういう意味を持つのか、今のハーシェスにはわからない。

それでも、ただひとつ確かなこと。

クリストファーは、ハーシェスに娘を下げ渡したわけではない。

ハーシェスを対等な相手だと認めたからこそ、大切な宝物である娘のリュシーナを託《たく》してくれたのだろう。

（ありがとうございます。義父上《ちちうえ》）

たとえようのない喜びと誇りに、胸の奥がじんわりと熱くなる。

喜びのままリュシーナに笑いかけ、ハーシェスは彼女と並んで祭壇の前に立つ。

先ほどまで戸惑いを見せていたリュシーナだが、ハーシェスの笑みにつられて、美しくほほえんだ。ハーシェスは、あらためてクリストファーに誓う。

アナタのご忠告通り、このあとの祝宴では絶対に飲み過ぎるような真似はいたしません――と。

最終章　秘密の秘密

結婚式の直前、花嫁の控え室を訪れたクリストファーは、リュシーナを見るなり首を傾《かし》げて言った。

「リュシーナ。その首飾りは少々地味だ。もっといいものをハーシェスくんが贈ってくれたから、外しなさい」

その言葉を聞いたとき、リュシーナはてっきり、ハーシェスからのサプライズプレゼントだと思った。

ヘレンに頼んで真珠の首飾りを外してもらい、クリストファーが手ずから首飾りをかけてくれたときには、胸がじんわりと温かくなって、涙が出そうになったものだ。

だがそんな感傷は、鏡の中に映し出された『それ』を目にした瞬間、ものの見事に吹き飛んだ。

――ティレル侯爵家の当主の妻に、代々受け継がれてきた首飾り。

エリザベスがティレル家から去った今、アルバートの未来の妻のため、これは侯爵家の宝物庫に眠っているべきものだ。

そう認識した瞬間、リュシーナはパニックを起こしかけた。

だがいつになく強引なクリストファーに何も言えず、気がついたときには、彼とともに祭壇の前に立っていたのである。

少し驚いた表情のハーシェスは、すぐに微笑を浮かべてくれた。

彼の笑顔でどうにか我に返り、そこからはきちんと覚えている。

しかし、驚きのあまりバージンロードを歩いた記憶がほとんど飛んでしまったので、なんだかものすごく損をした気分だ。

（お父さまにエスコートされて歩くなんて、生まれてはじめてだったのに！）

神殿での結婚式が終わると、リュシーナは控え室に戻った。ハーシェス、クリストファー、アルバートにヘレンも一緒である。

「……お父さま！　これは一体、どういうことですの!?」

部屋に入った途端、リュシーナは涙目で父に訴えた。

「いくらなんでも、この首飾りをわたしに贈るなんて――侯爵家のみなさんが、一体なんとおっしゃるか！」

世にふたつとないこの宝物は、ティレル侯爵家の誇りを象徴していると言ってもいい。

なのにクリストファーは、どこか楽しげな笑みを浮かべて首を振る。

「リュシーナ。私はおまえに、嘘を言っていない。それは本当に、ハーシェスくんからの贈りものなのだ」

「え……？」

リュシーナは、ひどく複雑な顔をしているハーシェスを見上げる。

彼は、クリストファーに困った顔を向けた。

「侯爵……よろしいのですか？」

「ハーシェスくん。私はきみの手柄を横取りして平気な顔をしていられるほど、恥知《はじし》らずではないのだよ」

一見、しかつめらしい顔をしたクリストファーだが、その瞳は柔らかく笑っている。

「失礼しました」と詫《わ》びるハーシェスにうなずいてみせると、クリストファーはあらためてゆっくりと口を開いた。

「……リュシーナ。おまえたちには黙っていたが、その首飾りは数年前から行方知れずになっていたのだ」

そうして語られた真実に、リュシーナは目を丸くした。

(ふ……ふ、ふふ……。エリザベスさま。あのときのわたしの葛藤《かっとう》を返してください。この首飾りを盗まれていたと知っていたなら、わたしはなんのためらいもなく、あなたを丸坊主《まるぼうず》にして差し上げていましたわ……！)

据《す》わった目をして黙りこんだリュシーナに、ハーシェスが慌てて声をかける。

「リュ、リュシーナ？　その、首飾りは無事に返ってきたわけだし、そんなに怒らなくても……」

リュシーナは、小さく息を吐いた。

普段の彼女なら、こうしてハーシェスに気遣《きづか》われると、すぐに恋する乙女モードに移行する。けれど今は、さすがにエリザベスに対する憤《いきどお》りが大きすぎた。

とはいえ、ハーシェスがこの首飾りを取り戻してくれたことも、クリストファーがそれを自分に贈ってくれたことも、本当に泣きたくなるほど嬉しい。

リュシーナは、目の前にいるふたりの愛する男性を見上げた。

「……お父さま。ハーシェスさま。本当に……ありがとうございました」

ちゃんと笑えたかどうか、わからない。

声も震えてしまったし、目の奥が熱いし、もしかしたら今にも泣き出しそうな顔をしてしまったかもしれない。

そんなリュシーナを柔らかく抱きしめたのは、クリストファーだ。

父からの生まれてはじめての抱擁に、リュシーナは大きく目を見開いた。

「……リュシーナ。私は決して、いい父親ではなかったが……。それでも、おまえの幸福を心から願っている。ハーシェスくんと一緒に、必ず幸せになりなさい」

「はい……」

涙が零《こぼ》れ落ちそうになったが、リュシーナは声を震わせて主張した。

「ですが……お父様。お気持ちはとても嬉しいですが、この首飾りをいただくわけにはいきません。これは、アルバートの未来の奥さまに贈るべきものです」

「いいや。その首飾りは、おまえのものだ。おまえが持っているといい」

なおも言い募《つの》ろうとしたリュシーナに、クリストファーは笑った。

「――では、そうだな。いつかアルバートが、ティレル侯爵夫人にふさわしい女性を見つけてくるまで、おまえが持っていてくれ」

それを聞いて、少し離れたところでこちらを見守っていたアルバートが首を傾《かし》げる。

「父上？　それは、姉上に差し上げたのでは……」

困惑した顔のアルバートに、クリストファーは重々しくうなずく。

「うむ。だから、リュシーナがこの首飾りを誰に贈ろうと、彼女の自由だろう？」

何度か目を瞬《またた》かせ、彼の言わんとしていることを理解したリュシーナは、輝くような笑みを浮かべた。

「お父さま、おっしゃる通りですわ！　アルバート。この首飾りは、ティレル侯爵家の誇りです。あなたは、いつの日か必ずやこれを取り戻し、侯爵夫人の名にふさわしい女性に捧げなければなりません。そしてわたしは、あなたを幸せにしてくれる女性以外にこの首飾りを贈るつもりなどありません！」

リュシーナは、まだ見ぬ未来の義妹《いもうと》にびしっと宣戦布告した。

目を丸くしたアルバートは少し考える仕草をしたあと、不思議そうに首を傾《かし》げる。

「姉上。そういうことでしたら、順番が違うのではありませんか？」

「え？」

アルバートはあっさりと言った。

「僕が侯爵家を継ぐよりも、父上が後添《のちぞ》いの女性を迎えられるほうが先でしょう。姉上は、その首飾りにふさわしくない女性を、父上の後添《のちぞ》いとして認められるおつもりですか？」

——その瞬間、花嫁の控え室に微妙な空気が広がった。

珍しく困惑しきった顔のクリストファーが、アルバートを見つめている。

「……アルバート。私は、後添《のちぞ》いを迎えるつもりなどないのだが」

そのとき、アルバートが父親にあきれたような表情を向けたところを、リュシーナは確かに目撃した。

未来のティレル侯爵は、小さくため息をつく。

「そんなことを呑気《のんき》におっしゃっている場合ですか。父上がエリザベスさまと離縁して以来、僕がどれほど多くのみなさまから、父上の好みを尋ねられたと思います？　姉上の結婚式を前に、みなさまもご遠慮していらしたようですが……。明日からは、そういったお話がどんどん持ちこまれてくるでしょうね。あぁ、一応申し上げておきますが、僕は父上を幸せにしてくださる女性以外を義《は》母上《はうえ》と呼ぶつもりは、断じてございません。どうぞ、そのつもりでいらしてください」

最後はにこりと笑って言い切ったアルバートに、リュシーナはほろりとした。

（アルバート……立派になって……）

心底うんざりとした様子のクリストファーが、深々とため息をつく。

「さっさと一人前になって、私の跡を継げ、アルバート。私はおまえに侯爵家を任せたあとは、どこかの田舎《いなか》で毎日馬に乗ったり、たまに可愛い孫と遊んだりしてのんびり過ごすのが夢なのだ」

「父上のようにお忙しく働いていた方が、そんな刺激のない生活に満足できるはずがないでしょう。ボケますよ」

アルバートの鋭《するど》い指摘に、クリストファーが、うっと詰まる。

……本当にアルバートは、ずいぶん逞《たくま》しくなったようだ。

姉としてしみじみ嬉しくなっていると、ハーシェスに軽く肩を抱き寄せられた。

見上げれば、リュシーナの大好きな優しい笑みがすぐそばにある。

ハーシェスはクリストファーに視線を向け、落ち着いた声で口を開いた。

「侯爵――いえ、義父上《ちちうえ》。リュシーナは、私が必ず幸せにします。アルバートも、自分の道は自分で切り開くことのできる子です。ふたりがこう言っているのですから、あなたもそろそろ、ご自分の幸せをお考えになってもいいのではありませんか？」

クリストファーが低く呻《うめ》いて、ハーシェスを睨《にら》みつける。

「きみまで、そんなことを言い出すかね」

ハーシェスは、困ったように小さく笑う。

「出過ぎた真似だというのは、重々承知しているのですが……。実は私も、このところアルバートと同じように、騎士団時代の同僚や上司たちから、義父上《ちちうえ》についていろいろと尋ねられているものですから」

ひくっとクリストファーの顔が引きつった。

リュシーナは、胸の前でそっと両手を組み合わせる。

「お父さま……」

「……なんだね」

ぐったりと疲れた様子のクリストファーに、リュシーナは懸命に訴える。

「もしこれからおひとりでいらっしゃるときに、お体の具合が悪そうな女性と遭遇《そうぐう》されることがあったなら、すぐにひとを呼んでくださいませね。間違っても、ご自分でその方を介抱して差し上げようと思ってはいけませんわ。もちろん、お父さまがその方を後添《のちぞ》いに迎える覚悟がおありなら、構わないのですけれど。正直に申し上げるなら、わたしはそういった手管《てくだ》を使われるような女性を、お義母《かあ》さまとお呼びしたくはありませんの」

しばしの沈黙ののち、アルバートがぽつりとつぶやく。

「……僕も、いやです」

ハーシェスもうなずいた。

「……私も、いやですね」

それまでずっと黙っていたヘレンが、にこりと笑った。

「大丈夫ですわ、リュシーナさま。そういった女性たちの仕掛けてくるえげつない罠《わな》でしたら、旦那さまはお若い頃、ありとあらゆるパターンを経験されていらっしゃるはずですもの。そのせいで少々女性嫌いになってしまわれた挙げ句、ご親族のみなさまにすすめられるままご結婚なさったのです。そのお相手になられたエリザベスさまがあのような女性で、つくづく女性運のお悪い方だとは思いますけれど……。少なくとも、みなさまが旦那さまの貞操《ていそう》を心配なさる必要はございませんわ。どうぞ、ご安心くださいませ」

その言葉に、クリストファーが片手で顔を覆《おお》う。

リュシーナは半目になってヘレンを見た。

「ヘレン……。あなた一体、どこでそんなことを聞いてきたの？」

ヘレンはあら、と意外そうな顔になる。

「私の父は若い頃、旦那さまの従僕をさせていただいていたのですわ。ご存じありませんでしたか？」

それは、初耳だ。

ヘレンの父は今、ティレル侯爵領の医療院で院長をしている。まさかそんな経歴の持ち主だったとは――と思ったところで、リュシーナは両手をぽんと合わせた。

ハーシェスを見上げると、微妙な表情を浮かべて、リュシーナを見つめ返してくる。

（……ハイ。一生、黙っていましょうね。ハーシェスさま）

以前、ヘレンはクリストファーの恥ずかしい秘密を二十八個ほど知っていると言っていた。

今さらながらその理由を理解したリュシーナは、ふと思う。

若かりし頃にはクリストファーも、ヘレンの父にいろいろと助けられていたのだろうな――と。

ハーシェスを見れば、何かを悟ったような顔をしている。もしかしたら、リュシーナと同じことを考えているのだろうか。

しばし彼と見つめ合っていると、ふいに笑いが込み上げてくる。それはハーシェスも同じだったようで、ふたりは同時に噴き出した。

「……リュシーナ」

「はい。ハーシェスさま」

ハーシェスが、笑みを含んだままの声で呼ぶ。

——あの日、ハーシェスに恋をした。

これからリュシーナは、愛する人々に祝福されながら、彼とともに未来へ歩んでいける。

本当に、なんて幸せなんだろう。

「きみに出会えた奇跡に、心から感謝する。……リュシーナ。必ず、きみを幸せにするよ」

心臓が、甘く震えた。

温かな感情が胸の奥から溢《あふ》れ、言葉になる。

「……知っていらっしゃいますか？　ハーシェスさま」

リュシーナは、ほほえんだ。

「わたしは、あなたにはじめて会ったとき——」

——一目で、恋に落ちました。

おいしいお酒をいただきました

リュシーナが『リュシーナ・ラン』という名になってはや二ヶ月。

新居での生活にも、すっかり慣れた。

誰より頼りになる乳姉妹《ちきょうだい》のヘレンも、ハーシェスにメイド頭《がしら》として雇用され、以前と変わらずそばにいてくれている。

ラン家の本邸から移ってきた使用人や、新たに雇い入れた者たちは、はじめのうちこそ年若いヘレンの下で働くことに不満や戸惑いを見せていたようだ。しかし、今ではすっかりそんなこともなくなった。

ヘレン曰《いわ》く、「何事も、最初が肝心なのですわ」ということだが――彼女が何をしたのかはわからない。わからなくてもいいと思う。

親友のステラとは、今でもときどき一緒に買い物に行ったり、流行の観劇や、季節の彩《いろど》りに溢《あふ》れた庭園を訪れたりしている。

ハーシェスの妻となったリュシーナは、貴族社会の一員ではなくなったけれど、彼女は夜会などの社交の場でも堂々とリュシーナの友人という立場を守ってくれている。それが、とても嬉しい。

ハーシェスの親友であるラルフは、何度かアルバートともどもヴィンセント公爵邸に招待してくれた。

いずれ公爵家を継ぐ彼は、まだまだその立場に慣れない様子だ。けれど、ラルフにはハーシェスがついているし、彼らを慕うアルバートだって、これからどんどん大きくなる。何があっても、ハーシェスとアルバートはラルフの味方だ。こんなに頼もしいことはない。

ダニエルとジャネットは、正式な婚約者同士になったと風の噂で聞いた。リュシーナの人生にはもはや関係のないふたりだ。

今後顔を合わせる予定もないので、できる限り遠いところで幸せに――なるかどうかは、本人たち次第だろう。

さすがに彼らの幸福を願うほど、リュシーナは人間ができていない。

何はともあれ、リュシーナはハーシェスとともに、穏やかで幸せな生活をおくっていた。


その日、数日前から不在にしているハーシェスより連絡があった。少し離れた街で起こったトラブル解決のため、彼は屋敷をあけていたのだが、明日の午前中には戻るという。

ここは、彼の好む料理を丹精《たんせい》込めて作ってお迎えし、仕事の疲れを癒《い》やしていただくために全力投球しなければならない。まさに正念場《しょうねんば》である。

リュシーナは頭が痛くなるほど悶々《もんもん》と悩み倒したあと、きっと顔を上げてヘレンを見つめた。

「ねぇ、ヘレン。やっぱりお疲れになっていらっしゃるときには、消化にいいお食事でなければならないわよね。でもあんまりあっさりしたものばかりでは、きっと物足りないと思われてしまうでしょう？　ハーシェスさまはいつもびっくりするくらいたくさん召し上がるから、酸味をきかせた前菜をいくつか……。そうね、二枚貝のマリネと兎《うさぎ》のテリーヌに夏野菜のサラダ、スープは冷たいポタージュにして、メインには牛肉のワイン煮込みと白身のお魚のグリルにするわ。……でも、食後のデザートは、フルーツゼリーとミルクプディングとチョコレートケーキ、どれにしたらいいかしら。ハーシェスさまが、以前とてもおいしそうに召し上がってくださったのはチョコレートケーキなのだけれど……ミルクプディングは胃に優しいと思うし、ああ、でも今の季節だとさっぱりしたフルーツゼリーも喜んでいただけるかしら」

ヘレンは一瞬、遠い目をしてから、にこりとほほえんだ。

「……そうですね。すべてご用意なさった上で、旦那さまご自身にお選びいただいてはいかがでしょう？」

リュシーナはぽん、と両手を合わせた。

「まぁ、その通りね！　ありがとう、ヘレン」

さすがはヘレンである。

リュシーナはとっても嬉しくなった。

そうしていそいそと厨房《ちゅうぼう》に向かい、料理人たちに下ごしらえを手伝ってもらいながら牛肉の煮込みとフルーツゼリー、チョコレートケーキの製作に取りかかる。

魚のグリルは、もともと明日の朝には新鮮な食材が届くので問題ないし、ミルクプディングも作りたてが一番おいしい。

普段の食事を整えるのは、この屋敷に勤めている料理人たちの仕事である。けれど、『久しぶりに帰ってくる旦那さまを自分の手料理でお迎えしたい』というリュシーナのわがままを、彼らは快《こころよ》く許してくれた。

――あの日、ハーシェスに出会えなかったら、こんな楽しみを知ることはなかっただろう。

リュシーナはふと、先日招待された友人宅でのお茶会を思い出す。

お茶会の主催者は、同じフィニッシング・スクールの先輩――社交界三花《しゃこうかいさんか》のひとりであるマリアンヌ・バート子爵夫人。彼女は、燃えるような赤い髪に鮮《あざ》やかな碧《みどり》の瞳を持つ、華やかな美貌《びぼう》の女性である。凜《りん》とした立ち姿は威厳《いげん》に満ちていて、彼女が現れると、その場の空気がさっと明るいものに変わるのだ。

彼女は曲がったことが大嫌いで、情熱的な性格をしている。多くの下級生たちはマリアンヌを『お姉さま』と呼び、慕っていた。

マリアンヌは二年ほど前に、多くの信奉者の中から夫となる男性を選んだ。

そのお相手は、取り立てて身分が高いわけでも、莫大な財産を持っているわけでもなく、ごく平凡な印象の人物であった。そのため、周囲の者たちはひどく驚いていたものだ。

結婚以来、ますます美しくなったマリアンヌ。

お茶会の席では、幸せそうに「わたくしの旦那さまより素敵な殿方は、どこにもいらっしゃらなくてよ?」と言っていた。

（……マリアンヌお姉さま。お言葉を返すようで申し訳ありませんが、ハーシェスさまより素敵な殿方は、絶対にどこにもいらっしゃらないと思います！）

リュシーナがぐっと拳《こぶし》を握ると、手にしていた煮込みに使うハーブがひしゃげた。……これでいっそう、香りがよく出てくれるだろう。リュシーナは、いい香りのするハーブを大きな寸胴鍋《ずんどうなべ》に投入した。

（ハーシェスさまがいらっしゃらないと、時間の経つのが本当に遅く感じられるわ……。ハーシェスさまの面影《おもかげ》を想えば、この寂しい気持ちも少しはなくなるかしら。ハーシェスさまの素敵な笑顔、ハーシェスさまの素敵なお声、ハーシェスさまの素敵な手、ハーシェスさまの素敵な――）

――新婚二ヶ月の新妻にとって、愛する旦那さまとの数日間の別離は、ちょっぴりおかしな禁断症状が出てもおかしくないほど、辛いものなのである。

やがて夜になり、寝台に入る時間が近づいてくると、リュシーナはなんだかとっても寂しくなってしまった。

何しろリュシーナたち夫婦の寝台は、ひとりで眠るにはあまりにも広すぎるのだ。

そんなしょんぼりしている主《あるじ》の様子に気がついたのだろうか。

夕食後、リュシーナが自室でハーシェスのハンカチーフにちくちく刺繍《ししゅう》をしていると、珍しくヘレンがよく冷えたワインとカットフルーツを運んできた。

リュシーナは、あまり酒に強くない。ワインをグラス一杯飲んだだけで、なんだか気分がふわふわして、無性に笑い出したくなってしまうのだ。

そのため普段からヘレンには、「あまりお酒は召されませんように」と言われている。

彼女がこうして寝酒を持ってきたということは、よほど自分は情けない顔をしていたのだろう。

恥ずかしくなり、危うく刺繍針《ししゅうばり》を指に突き刺すところだった。

そんなリュシーナに、ヘレンは小さく苦笑を浮かべる。

「たまにはよろしいでしょう。寝不足のお顔でお迎えしては、旦那さまも心配されてしまいますよ」

（う……）

このままだと、さみしんぼのあまり寝不足コース一直線だろうと自覚していたリュシーナは、ヘレンの気遣いをありがたく受け取ることにする。

可愛らしい、小さな瓶に入った白ワイン。ラベルには、葡萄《ぶどう》の蔓《つる》にとまった鳩《はと》が描かれている。

ヘレンがグラスにワインを注《つ》ぐと、爽《さわ》やかな甘い香りが立ち上った。

その芳《かんば》しさに、リュシーナはうっとりと目を細める。

「素敵な香りね」

「なんでも、旦那さまが個人的に、特別なルートから入手されたものらしいですよ」

「特別な？　……そんな大切なものを、勝手にいただいてしまっていいのかしら」

ヘレンがくすくすと笑う。

「この屋敷にあるものを、リュシーナさまが召し上がっていけないわけがありませんでしょう？

それに、こんなに可愛らしい瓶なのですもの。きっと旦那さまは、リュシーナさまのためにお求めになられたのだと思いますよ」

お優しい旦那さまでよかったですわね、とほほえむヘレンに、リュシーナは頬を染めてうなずいた。

ヘレンからグラスを受け取り、それをくるりと回して香りを楽しんだあと、そっと口に含んでみる。すると、ワインは驚くほどすんなり喉を滑り落ちていく。

味もほどよく甘くてすっきりしており、リュシーナはヘレンにすすめられるまま、つい杯を重ねてしまった。

「とってもおいしかったわ。ありがとう、ヘレン」

「それはよろしゅうございました。そろそろお休みの時間です。ゆっくりお眠りになって、明日は気持ちよく旦那さまをお迎えいたしましょう」

「ええ、そうね」

先ほどまで寂しくて仕方がなかった気持ちが、今はずいぶん落ち着いている。おいしいお酒というのは、実にありがたい力を秘めているらしい。

お酒を飲んだときにいつも感じるふわふわした気分のまま、リュシーナは寝室に向かって寝支度を整え、広すぎるベッドに潜《もぐ》り込む。そして目を閉じるなり、意識は心地よい闇に溶けていった。

——ゆるゆると、意識が浮上する。

なんだろう。とても気持ちがいい。

温かくて幸せで嬉しくて、まるでハーシェスに抱きしめられているときのようだと思う。

リュシーナは、ハーシェスと結婚し、一緒に夜を過ごすようになってはじめて、貴族の女性たちが昼過ぎにならないと起きてこない理由がわかった。

思わずマリアンヌたちにそう零《こぼ》したとき、楽しげに笑われてしまった。

……せめてもう少し体力をつけて、仕事に出かける旦那さまをお見送りしなければいけないのに。

（——まだ『おかえりなさいませ』のキスしか、したことがないのですもの……）

リュシーナの密かな目標は、旦那さまがお出かけになる前にきちんと身支度を調えて『いってらっしゃいませ』のキスをすることであった。

騎士の位《くらい》を持ち、現在も体力維持のために日々の鍛錬《たんれん》を続けるハーシェスと、調理器具と食材より重いものを持ったことのないリュシーナでは、体力に差があって当たり前だろう。

以前はとても持ち上げることのできなかった鍋を扱うことができるようになったのは、ちょっぴり自慢したいところである。

しかし、ハーシェスが片手で軽々と持っている剣は、その鍋と同じくらいの重さがあった。

そんな彼と体力比べをするのはそもそも間違っているのだろうが、結婚したばかりの新妻としては、やはり旦那さまに朝のご挨拶《あいさつ》をきちんとしたい。

いくらハーシェスが優しい旦那さまだと言っても、あまりそれに甘えてしまっていては、いずれ呆れられてしまうかもしれない。

（……そんなのは、絶対にいやなのです……）

リュシーナは、ますます悲しくなった。

ハーシェスに嫌われてしまったら——なんて、想像するだけで胸が痛む。

結婚式のとき、大勢の女性がうっとりとハーシェスに見惚《みと》れていた。異国の装《よそお》いをした客人の中には、リュシーナも思わず目を奪われてしまうほど豊満で魅惑的な体つきをした美女もいた。

あんな女性に好意を寄せられたら、どんな男性でも心惹かれてしまうのではないだろうか。

今、ハーシェスがリュシーナを愛してくれているのはわかっている。

けれど、人の心は永遠に繋ぎ止めておけるものじゃない。

だからこそ、人は愛《いと》しい相手の気持ちを失わずに済むよう、必死に努力しなければならないのだ。

そのために、リュシーナはずっと努力してきた。……ハーシェスのことが大好きで、彼にもずっと自分のことを好きでいてほしかったから。

（でも……）

もしいつか、彼がほかの女性に心奪われてしまったら——そのとき自分は、一体どうしたらいいのだろう。

夢うつつに、思考の袋小路に迷い込みそうになっていたリュシーナは、目を閉じたまま、ぎゅっと体を縮める。

「ハーシェスさま……」

「……何？　リュシーナ」

怯《おび》えるようなリュシーナの呼びかけに、優しく答える声があった。

「ごめん。起こしちゃった？」

優しくて温かくて、リュシーナのことを何よりも大切に想っていることが伝わってくる、甘い声。

その声を聞いた途端、胸の奥に渦巻《うずま》いていた不安があっという間に遠のいて、リュシーナはほっと息を吐いた。

そっと髪を撫《な》でてくれる、大きな手のぬくもりが心地いい。

自分はきっと、夢を見ているのだろう。

ずっと、寂しかったから。ひとりきりのこの部屋で、ハーシェスのいない夜を過ごすのは、本当に寂しくてたまらなかったから。

いつだったかヘレンが、「夢というのは、脳が吐き出す本音や願望の表れなのですよ」と言っていた。リュシーナは、自分の脳に感動する。

（すごいわ……わたしの脳。ハーシェスさまのお声や手、素敵なぬくぬく感……いつもお使いになっている石けんの香りまで、きっちりしっかり再現してくれるなんて……拍手、拍手……）

ぼんやりとそんなことを考えながら、大きな手にすり寄ると、頭の上で小さく笑う声がする。

「……かーわいいなー、もう。……いいよ。そのまま眠ってて？」

それは、困る。

せっかくの素敵な夢なのに、ここで眠るのはもったいない。

リュシーナはむずかる子どものように首を振り、自分の頬から離れていこうとする大きな手にすがりついた。きゅっと自身の指を絡めて、引き寄せる。

「や……です……ハーシェス、さま……。いかないで……」

「……リュシーナ」

額にかかっていた髪をさらりと払われ、そこに熱い吐息と唇が触れる。

……本当に、よくできた夢だ。

夢だったら、いいだろうか——ハーシェスが帰ってきても、絶対に言うつもりのなかったことを訴えても。

「ハーシェスさま……寂しかった、です……」

「……うん。オレも、寂しかったよ」

夢の中でも、ハーシェスは優しい。

彼はいつだって、リュシーナが望む通りの言葉をくれる。

リュシーナは大きな手のひらに頬を押しつけた。

今まで我慢していた分、思い切り甘えることにする。

「だいすき、です……ハーシェスさま……。ずっと、すきで……今も、だいすき。でも、明日のほうが、きっと、もっとすき……」

「リュ、シー……？　えっと……ね、寝ぼけてる……？」

リュシーナは、むっとした。

せっかく好きと言ったのに、まったく失礼な返事である。

いつもなら、こちらが恥ずかしくなってしまうくらいに愛の言葉を囁《ささや》いてくれるくせに――

(……やっぱり、わたしの脳では、ハーシェスさまのくださるような言葉を再現するのは難しいのかしら)

――さすがにこればかりは、仕方がないかもしれない。

いくら見事なまでにハーシェスの声やぬくもりを再現してくれても、できることとできないことがあるのだろう。

しかし夢ならば、もうちょっと何もかもが都合よく進んでくれてもいいではないか。

じわりと目の奥が熱くなる。

「ハーシェスさま……わたしがすきだと、いやですか……?」

「いいいいいやなわけないし！　嬉しすぎてびっくりしただけだから！　ごめん、泣かないでリュシーナ、愛してる！」

ぎゅー、と抱きしめられて、リュシーナはとっても嬉しくなった。

「うふふー……。わたしも、愛してますー……。ハーシェスさま、だいすきー」

「……ちょ、え？　ひょっとしてリュシーナ……。寝ぼけてるんじゃなくて、酔ってる……？」

リュシーナは、こてんと首を傾《かし》げた。

「酔ってませんよー？」

夢の中でお酒に酔うなんて、聞いたこともない。

「……うん。リュシーナ？　眠る前に、何を飲んだのかな？」

リュシーナは、にこー、と笑って素直に答える。

「白ワインを、いただきましたー。瓶が可愛くて、とっても、おいしかったですー」

「うん、今のきみのほうが可愛くておいしそうだけど、可愛い瓶……って、まさか葡萄《ぶどう》の蔓《つる》に鳩《はと》がとまったラベル、の……？」

リュシーナはとろんと瞬《まばた》きをした。

「はいー。いけませんでしたかー？」

ハーシェスの体が、びしっと固まる。

一体、どうしたというのだろうか。

「い……いけなくは、ないけど……何杯くらい、飲んだのかな……？」

「んー……グラスに、三杯です？」

ハーシェスの手が、ぎこちなく額に触れる。

「リュシーナ……普段はあんまり、お酒を飲まないよね？」

リュシーナはふわふわと笑ってうなずいた。

「ヘレンに、止められているのですー。あんまり酔ってにこにこ笑うと、破壊力がすごすぎてダメなのだそうですー。意味が、よくわからないのです？」

「……っヘレンさん、ナイス！　確かにこれは素晴らしい破壊力ですね！」

そう言ったハーシェスだが、早口すぎて、リュシーナにはうまく聞き取れなかった。

焦点の合わない目で彼を見ると、うっすら赤くなっていることがわかる。リュシーナは気分が浮き立つような心地を覚えた。

自分は、夢の中でも酔っているのかもしれない。

だって、珍しく慌てているハーシェスのことを可愛いなんて思っている。

口元を片手で押さえた彼の、熱のこもった瞳――まるで、目を離すことができないと言わんばかりに、彼はリュシーナを見つめている。それが嬉しくて仕方がない。

「ハーシェスさま……だいすき、です」

いつもハーシェスがしてくれるように、首筋にそっと口づけると、彼はひゅっと短く息を呑んだ。

彼の大きな手が、リュシーナの肩に触れて押しとどめる。

「リュ、シー……駄目だよ、今は――」

「どうして、ですか……？　わたし、ずっと寂しかったです……。ハーシェスさまは、寂しくなかった、ですか？」

ぎゅうっと抱きつくと、ハーシェスの体温がふわりと上がる。

それにつられるように自分の体もじんわりと熱くなって、リュシーナは小さく息を吐く。

――リュシーナさんは、旦那さまのどんなところがお好きなんですの？

数日前のお茶会で、楽しげにほほえんだマリアンヌは、そんなことを尋ねてきた。

旦那さまのことを愛している？　と問われたなら、リュシーナは即座にイエスと答えるだろう。

しかし、旦那さまのどんなところを愛しているのかと問われると、とても困ってしまう。

優しいところや、自分を誰よりも大切に愛してくれているところ、今でもときどき見惚《みと》れてしまうほど魅惑的な容姿――それらすべては、彼を形作っている魅力だと思う。

けれど自分は、ハーシェスが優しいから好きになったのだろうか。

自分のことを愛してくれるから、愛したのだろうか。

彼の容姿が好ましかったら心惹かれたのだろうか。

そのどれもが本当で、同時にそれだけではないとも思う。

リュシーナは、由緒正しい貴族の娘として育てられた。自分の婚姻は政略的な目的のもとに成り立つのだと、物心つく前から思っていた。

恋、というものに憧れを抱いたことはあったはずだ。年頃の少女ならば、誰もが一度は願うように、素敵な男性と身を焦《こ》がすような恋をしてみたいと。

――そして、ハーシェスに出会ってはじめて知った。

恋をすると、本当に心臓が壊れそうになるのだと。

ハーシェスに見つめられるたび、甘い言葉を告げられるたび、優しく触れられるたび――ほんの些細《ささい》なことで不安になるたび、胸が苦しくてたまらなくなる。

恋は砂糖菓子のように甘くてきれいなばかりではない。混乱することもたくさんある、そして、一度知ってしまったら、逃れられないくらい囚《とら》われてしまう。

現在進行形で、そんな恋にどっぷり溺れているリュシーナは――

（あぁ……っ。ハーシェスさまの素敵なお顔はもちろん大好きなのですけれど……この色っぽい鎖骨ですとか、硬い胸板ですとか、きれいに割れた腹筋ですとか、わたしを簡単に抱っこできる長い腕ですとか！　もう、どこを好きなのかなんて、聞かれても困ってしまうのです、マリアンヌお姉さまー！）

——目の前にある大好物に、心ゆくまで萌《も》えまくっていた。

夢うつつの中、べったべたに甘えて甘えて甘え倒す。

そんなリュシーナに翻弄《ほんろう》されまくったハーシェスは、すでに半泣き状態だった。

「リュ……リュシー……？　その、生殺《なまごろ》しはもう、勘弁してほしいというか……っ」

リュシーナは、きょとんと首を傾《かし》げる。

「……なまごろし？　明日のお魚はー、ちゃんと死んでから運ばれてくると、思うのです？」

ハーシェスが喉の奥で低く呻《うめ》く。

いかに鍛《きた》え上げられたハーシェスの理性をもってしても、愛《いと》しい新妻の激しいスキンシップに、あらゆる意味で限界が近かった。

そのとき、リュシーナはふと、彼に確かめなければならないことを思い出した。

「ハーシェスさまー？　お夕食のデザートは、チョコレートケーキと、ミルクプディングとー、フルーツゼリーでしたら、どれがよろしいでしょうかー？」

その瞬間、ハーシェスの顔に「ソレは今、この状況で聞かなきゃならないことデスカー!?」と絶望にも似た問いがよぎる。

しかし、そんなことに気づかないリュシーナは、にこにこ笑いながら彼の答えを待った。

「フ……フルーツゼリー、かな……っ」

「わかりましたー。楽しみにしていてくださいねー」

リュシーナは「うふふー」と笑い、ハーシェスの胸元にぐりぐりと額を押しつける。

「……オレは今、自分の素晴らしい忍耐力を心の底から賞賛しています」

ハーシェスが何やらぶつぶつとつぶやいている。

気になっていたことを聞けたおかげか、リュシーナの意識は再びゆっくり沈んでいく。

自分よりも少し体温の高い体が、心地よい。

背中を撫《な》でてくれる手のぬくもりに、うっとりと目をつぶると――リュシーナは穏やかな眠りの世界に落ちていった。


目を覚ましたとき、リュシーナは広々としたベッドにひとりきりだった。

(えぇ……と……?)

昨夜、ハーシェスが帰ってきた夢を見て――

若干《じゃっかん》混乱したまま体を起こそうとした途端、くらりと視界が揺れ、頭が鈍《にぶ》く痛んだ。

「リュシーナ？　大丈夫？」

「ハ……ハーシェス、さま……？」

ずきずきと痛む頭に涙目になっていると、馴染《なじ》んだ腕が背中に触れた。そのまま、ゆっくりとリュシーナの体を起こしてくれる。

口元に、よく冷えたグラスを寄せられた。

蜂蜜《はちみつ》と、レモンの爽《さわ》やかな香り。

時間をかけてグラスの中身を飲み干すと、ハーシェスが心配そうに顔をのぞき込んできた。

「気分はどう？　吐き気は？」

「いえ……大丈夫、です。……ありがとう、ございます。ハーシェスさま」

ハーシェスがいるということは、やはり昨夜の出来事は夢ではなかったらしい。

ところどころ記憶が曖昧《あいまい》だが、自分がハーシェスにさんざん甘えまくったのはしっかり覚えている。

「あの……ごめんなさい、ハーシェスさま。わたし、ご迷惑を……」

消え入りそうな声で謝罪したリュシーナに、ハーシェスはやんわりと首を振った。

「いや。オレが悪かったんだ。あの白ワインは、その……口当たりはいいんだけど、かなりアルコールがきつめで、あんまり女性向けのものじゃないんだよ。……本当に、辛くない？」

そうだったのか、と少し驚いたものの、多少頭が痛むだけで、さほど辛いということはない。むしろ、こうしてハーシェスの腕の中にいられるのが嬉しくて、ほっとする。

体の力を抜いて、リュシーナは先ほどから気になっていたことを彼に問いかけた。

「ハーシェスさま……今日は、お仕事は……？」

「昨日までかなりがんばったから、今日と明日は休みにした。久しぶりに、ゆっくりできるよ」

「そうなのですか？　……嬉しいです」

顔を綻《ほころ》ばせたリュシーナの額に、ハーシェスが軽く口づける。

そうしてしばしの間、ハーシェスとともに朝のまったりと幸せな空気に浸っていたリュシーナは、ふと彼に尋ねなければならないことを思い出した。

「あの、ハーシェスさま？」

「なんだい？」

リュシーナの髪に指を絡ませていたハーシェスに、にこりと笑って問いかける。

「お夕食のデザートには、チョコレートケーキと、ミルクプディングと、フルーツゼリーのどれがよろしいですか？」

「……っ」

その瞬間、なぜかハーシェスの体が固まった。

どうしたのだろうと思って見つめていると、ハーシェスはどこか遠いところへ視線を飛ばしたあと、何事もなかったかのようにほほえんだ。

「リュシーナの作るものは、なんでもおいしいから迷ってしまうけど……。今夜は、チョコレートケーキをお願いしようかな」

「はい。わかりました」

もしハーシェスが疲れているようなら、夕食のデザートはミルクプディングかフルーツゼリーのほうが、胃もたれの心配がなくていいと思っていた。

けれど、きちんと自己管理のできる彼がこう言うなら、自信作のチョコレートケーキを出しても大丈夫だろう。

このケーキのレシピは、ティレル侯爵家の厨房《ちゅうぼう》で、デザートを専門に腕を振るっている料理人から教わったものだ。

（……なぜかしら？　今夜は、ハーシェスさまがフルーツゼリーを選ばれるような気がしたのだけれど）

頭の片隅に何かが引っかかったものの、ハーシェスに褒めてもらえてすっかり嬉しくなったリュシーナは、すぐに考えを切り替える。

フルーツゼリーのほうは、今日の午後に冷たいお茶と一緒に楽しんでもらおう――と。

RC Regina COMICS
総指揮官と私の事情
SOUSHIKIKAN to WATASHI no JIJYOU
好評発売中！
待望のコミカライズ！
突然、異世界トリップしてしまった恵都《けいと》。そんな彼女を助けてくれたのは、超過保護で超美形の総指揮官・アリオスだった。何をするにも彼に世話される日々が続き、このままではいけない…！　と至れり尽くせりな異世界生活からの脱却を目指し、働き始めた恵都だったけど…？
シリーズ累計6万部突破！
＊B6判　＊定価：本体680円＋税
＊ISBN978-4-434-21301-4
原作：夏目みや
漫画：文月路亜
異世界トリップしたら、過保護でクールな美形に拾われたけど…
目標は、脱・異世界ニート！
アルファポリス 漫画　検索

灯乃（とうの）
北海道在住。2011年よりWebにて小説の発表をはじめ、2013年出版デビューに至る。特技は蕎麦打ち。ただし、蕎麦つゆは作れない。

イラスト：ICA

本書は、「ムーンライトノベルズ」（http://mnlt.syosetu.com/）に掲載されていたものを、改稿のうえ書籍化したものです。

一目《ひとめ》で、恋《こい》に落《お》ちました

灯乃（とうの）

2016年 1月 5日初版発行

編集－宮田可南子
編集長－塙綾子
発行者－梶本雄介
発行所－株式会社アルファポリス
〒150-6005東京都渋谷区恵比寿4-20-3恵比寿ガーデンプレイスタワー5階
TEL 03-6277-1601（営業） 03-6277-1602（編集）
URL http://www.alphapolis.co.jp/
発売元－株式会社星雲社
〒112-0012東京都文京区大塚3-21-10
TEL 03-3947-1021
装丁・本文イラスト－ICA
装丁デザイン－ansyyqdesign
印刷－中央精版印刷株式会社

価格はカバーに表示されてあります。
落丁乱丁の場合はアルファポリスまでご連絡ください。
送料は小社負担でお取り替えします。

ISBN978-4-434-21536-0 C0093